明史演義

蔡東藩 著

入軍伍至
四海歸心

蔡東藩 著

出身微賤亦何傷，未用胡行舍且藏。
贏得神明來默示，頓教真主出濠梁。

天意亡元，一班草澤梟雄逐鹿，上天另行擇真，令他撥亂反正，以匹夫為天子，不可謂無天意！

目錄

目錄

第一回　揭史綱開宗明義　困淘轍避難為僧

江山無恙，大地春回，日暖花香，窗明几淨，小子擱筆已一月有餘了。回憶去年編述《元史演義》，曾敘到元亡明續的交界；嗣經臘鼓頻催，大家免不得一番俗例：什麼守歲？什麼賀年？因此將元史交代清楚，便把那管城子放了一月的假。現在時序已過去了，身子已少閒了，《元史演義》的餘味，尚留含腦中，《明史演義》的起頭，恰好從此下筆。淡淡寫來，興味盎然。元朝的統系，是蒙族為主；明朝的統系，是漢族為主。明太祖朱元璋，應運而興，不數年即驅逐元帝，統一華夏，政體雖猶是君主，也算是一位大革命家，大建設家。嗣後傳世十二，凡一十七帝，歷二百七十有六年，其間如何興？如何盛？如何衰？如何亡？統有一段極大的原因，不是幾句說得了的。先賢有言：「君子道長，小人道消，國必興盛；君子道消，小人道長，國必衰亡。」這句話雖是古今至言，但總屬普通說法，不能便作一代興衰的確證。

小子嘗謂明代開國，與元太祖元世祖的情形，雖然不同，但後來由興而衰，由盛而亡，卻蹈著元朝五大覆轍。看官欲問這五大弊嗎？第一弊是骨肉相戕；第二弊是權閹迭起；第三弊是奸賊橫行；第四弊是宮闈恃寵；第五弊是流寇殃民。這五大弊循環不息，已足斫喪元氣，傾覆國祚；還有國內的黨爭，國外的強敵，膠膠擾擾，愈亂愈熾，勉強支持了數十百年，終弄到一敗塗地，把明祖創造經營的一座錦繡江山，拱手讓與滿族，說將起來，也是可悲可慘的。提綱挈領，眼光直注全書。目今滿主退位，漢族光復，感世變之滄桑，話前朝之興替，國體雖是不同，理亂相關，當亦相去不遠。遠鑑胡元，近鑑滿清，不如鑑著有明，所以元、清兩史演義，既依次編成，這《明史演義》，是萬不能罷手的。況乎歷代正史，卷帙最多，《宋史》以外，要算《明史》。若要把《明史》三百三十二卷，從頭至尾，展閱一遍，差不多要好幾年工夫。現在的士子們，能有幾個目不窺園，十年攻苦，就使購置了一部《明史》，也不過庋藏書室，做一個讀史的模樣，哪裡肯悉心翻閱呢？並非挖苦士子，乃是今日實情。何況為官為商為農為工，連辦事謀生，尚覺不暇，或且目不識丁，胸無點墨，怎知道去閱《明史》？怎知道明代史事的得失？小子為通俗教育起見，越見得欲罷不能，所以今日寫幾行，明日編幾行，窮年累月，又輯成一部《明史演義》出來。宜詳者詳，宜略者略，所有正史未載，稗乘偶及的軼事，恰見無不搜，聞無不述，是是非非，憑諸公議，原原本本，不憚瑣陳。看官不要惹厭，小子要說到正傳了。說明緣起，可見此書之不能不作，尤可見此書之不能苟作。

卻說明太祖崛起的時候，正是元朝擾亂的時間。這時盜賊四起，叛亂相尋，黃巖人方國珍，起兵台溫，潁州人劉福通，與欒城人韓山童，起兵汝潁，羅田人徐壽輝，起兵蘄黃，定遠人郭子興，起兵濠梁，泰州人張士誠，起兵高郵，還有李二、彭大、趙均用一班草寇，攻掠徐州、弄得四海紛爭，八方騷擾。各方寇盜，已見《元史演義》中，故用簡筆敘過。元朝遣將調兵，頻年不息，只山童被擒，李二被逐，算是元軍的勝仗，其餘統不能損他分毫，反且日加猖獗。那時元順帝昏庸得很，信奉番僧，日耽淫樂，什麼演揲兒法（即大喜樂之意），什麼祕密戒（亦名雙修法，均詳《元史演義》），什麼天魔舞，造龍舟，制宮漏，專從玩意兒上著想，把軍國大事，撇在腦後；賢相脫脫，出征有功，反將他革職充軍，死得不明不白；佞臣哈麻兄弟，及禿魯帖木兒，導上作奸，反言聽計從，寵榮得什麼相似。冥冥中激怒上蒼，示他種種變異，如山崩地震旱乾水溢諸災，以及雨血雨毛雨氂，隕星隕石隕火諸怪象，時有所聞，無非令順帝恐懼修省，改過遷善。不意順帝怙惡不悛，鎮日裡與淫僧妖女，媚子諧臣，講演這歡喜禪，試行那祕密法，雲雨巫山，唯日不足。於是天意亡元，群雄逐鹿，人人都挾有帝王思想。劉福通奉韓山童子林兒為帝，國號宋，據有亳州；徐壽輝也自稱皇帝，國號天完；張士誠也居然僭號誠王，立國稱周。一班草澤梟雄，統是得意妄行，毫無紀律，不配那肇基立極奉天承運的主子，所以上天另行擇真，湊巧濠州出了一位異人，姿貌奇傑，度量弘廓，頗有人君氣象，乃暗中設法保佑，竟令他撥亂反正，做了中國的大皇帝，這人非他，就是明太祖朱元璋。以匹夫為天子，不可謂無天意。近時新學家言，專屬人事，抹煞天道，似亦未足全信，故此段備詳人事，兼及天心。

朱元璋，字國瑞，父名世珍，從泗州徙居濠州的鍾離縣，相傳系漢鍾離得道成仙的區處。世珍生有四子，最幼的就是元璋。元璋母陳氏，方娠時，夢神授藥一丸，置諸掌中，光芒四射，她依著神命，吞入口中，甘香異常。及醒，齒頰中尚有餘芳。至懷妊足月，將要分娩，忽見紅光閃閃，直燭霄漢，遠近鄰里，道是火警，都呼噪奔救，到了他的門外，反看不見什麼光焰，復遠立回望，仍舊熊熊不滅。大眾莫名其妙，只是驚異不置。後來探聽著世珍家內，生了一個小孩子，越發傳為奇談，統說這個嬰兒，不是尋常人物，將來定然出色的。就史論史，不得目為迷信。這年乃是元文宗戊辰年，誕生的時日，乃是九月丁丑日未時。後人推測命理，說他是辰戌丑未，四庫俱全，所以貴為天子，這也不在話下。唯當汲水洗兒的時候，河中忽有紅羅浮至，世珍就取作兒衣，迄今名是地為紅羅港，是真是假，無從詳究。總之豪傑誕生的地方，定有一番發祥的傳說，小子是清季人，不是元季人，自然依史申述，看官不必動疑。

且說朱世珍生了此兒，取名元璋，相貌魁梧，奇骨貫頂，頗得父母鍾愛。偏偏這個寧馨兒降生世間，不是朝啼，就是夜哭，想是不安民間。呱呱而泣，聲音洪亮異常，不特做爹娘的日夕驚心，就是毗連的鄰居，也被他噪得不安。世珍無法可施，不得已禱諸神明，可巧鄰近有座皇覺寺，就乘便入禱，暗祝神明默佑。說也奇怪，自禱過神明後，乳兒便安安穩穩，不似從前的怪啼了。世珍以神佛有靈，很是感念，等到元璋週歲，復偕陳氏抱子入寺，設祭酬神，並令元璋為禪門弟子，另取一個禪名，叫做元龍。俗呼明太祖為朱元龍，證諸正史，並無是說，嘗為之闕疑，閱此方得證據。光陰易過，歲月如流，元璋的身軀，漸漸的長成起來，益覺得雄偉絕倫。只因世珍家內，食指漸繁，免不得費用日增，可奈時難年荒，入不敷出，單靠著世珍一人，營業餬口，哪裡養得活這幾口兒？今日吃兩餐，明日吃一餐，忍饑耐餓，挨延過日，沒奈何命伯仲叔三兒，向人傭工，只留著元璋在家。元璋無所事事，常至皇覺寺玩耍，寺內的長老，愛他聰明伶俐，把文字約略指授，他竟過目便知，入耳即熟，到了十齡左右，居然將古今文字，通曉了一大半。若非當日習練，後來如何解識兵機，曉明政體？世珍以元璋年已成童，要他自謀生計，因令往裡人家牧牛。看官！你想這出類拔萃的小英雄，怎肯低首下心，做人家的牧奴？起初不願從命，經世珍再三訓導，沒奈何至裡人劉大秀家，牧牛度日。所牧的牛，經元璋餵飼，日漸肥壯，頗得主人歡心。牧民之道，亦可作如是觀。無如元璋素性好動，每日與村童角逐，定要自作渠帥，諸童不服，往往被他捶擊，因此劉大秀怕他惹禍，仍勒令回家。

轉眼間已是元順帝至正四年了，濠泗一帶，大鬧饑荒，兼行時疫。世珍夫婦，相繼逝世，長兄朱鎮，又罹疫身亡，家內一貧如洗，無從備辦棺木，只好草草藁束，由元璋與仲兄朱鏜，舁屍至野。甫到中途，驀然間黑雲如墨，狂飆陡起，電光閃閃，雷聲隆隆，接連是大雨傾盆，彷彿銀河倒瀉，澎湃直下，元璋兄弟，滿體淋溼，不得已將屍身委地，權避村舍，誰料雨勢不絕，竟狂潑了好多時，方漸漸停止。元璋等忙去察視，但見屍身已沒入土中，兩旁浮土流積，竟成了一個高壟，心中好生奇異，詢諸里人，那天然埋屍的地方，卻是同里劉繼祖的祖產。當下向繼祖商議，繼祖也不覺驚訝，暗思老天既如此作怪，莫非有些來歷，不如順天行事，樂得做個大大的人情，遂將這葬地慨然贈送。史中稱為鳳陽陵，就是此處。不忘掌故。元璋兄弟，自然感謝。誰料福無雙至，禍不單行，仲叔兩兄，又染著疫病，一同去世，只剩了嫂姪兩三人，零丁孤苦，涕淚滿襟。這時元璋年已十七，看到這樣狀況，頓覺形神沮喪，日夕徬徨，輾轉躊躇，無路可奔，還不若投入皇覺寺中，剃度為僧，倒也免得許多苦累，計畫已定，也不及與嫂姪說明，竟潛趨皇覺寺，拜長老為師，做了僧徒。未幾長老圓寂，寺內眾僧，瞧他不起，有時飯後敲鐘，有時閉門推月，可憐這少年落魄的朱元璋，晝不得食，夜不得眠，險些兒做了溝中瘠，道旁殣，轉入輪迴。受得苦中苦，方為人上人。

那時元璋熬受不住，想從此再混過去，死的多，活的少，不得不死裡求生，便忍著氣攜了袱被，託了缽盂，雲遊四方，隨處募食，途中越水登山，餐風飽露，說不盡行腳的困苦。到了合肥地界，頓覺寒熱交侵，四肢沉痛，身子動彈不得，只得覓了一座涼亭，權行寄宿。昏瞶時，覺有紫衣人兩名，陪著左右，口少渴，忽在身旁得著生梨，腹少饑，忽在枕畔得著蒸餅，此時無心查問，得著便吃，吃著便睡，模模糊糊的過了數日，病竟脫體。霎時間神清氣爽，昂起頭來，四覓紫衣人，並沒有什麼形影，只剩得一椽茅舍，三徑松風（見《明史·太祖本紀》，並非捏造），他也不暇思索，便起了身，收拾被囊，再去遊食。經過光固汝潁諸州，雖遇著幾多施主，究竟仰食他人，朝不及夕。

挨過了三年有餘，仍舊是一個光頭和尚，袱被外無行李，缽盂外無長物。乃由便道返回皇覺寺，但見塵絲蛛網，布滿殿廡，香火沉沉，禪床寂寂，不禁為之驚嘆。他揀了一塊隙地，把袱被缽盂放下，便出門去訪問鄰居。據言：「寇盜四起，民生凋敝，沒有什麼餘力，供養緇流，一班遊手坐食的僧侶，不能熬清受淡，所以統同散去。」這數語，惹得元璋許多嗟嘆。嗣經鄰居檀越，因該寺無人，留他暫作住持，元璋也得過且過，又寄居了三四年。

至正十二年春二月，定遠人郭子興，與黨羽孫德崖等，起兵濠州，元將撤裡不花，奉命進討，憚不敢攻，反日俘良民，報功邀賞。於是人民四散，村落為墟。皇覺寺地雖僻靜，免不得風聲鶴唳，草木皆兵。元璋見鄰近民家，除赤貧及老弱外，多半遷避，自己亦覺得慌張，捏著了一把冷汗。欲要留著，恐亂勢紛紛，無處募食，不被殺死，也要餓死；欲要他去，可奈荊天棘地，無處可依，況自己是一個禿頭，越覺得棲身無所。左思右想，進退兩難，乃步入伽藍殿中，焚香卜爻，先問遠行，不吉；復問留住，又不吉；不由的大驚道：「去既不利，留又不佳，這便怎麼處？」忽憶起當年道病，似有紫衣人護衛，未免為之心動，復虔誠叩祝道：「去留皆不吉，莫非令舉大事不成！」隨手擲筊，竟得了一個大吉的徵兆。當下躍起道：「神明已示我去路，我還要守這僧缽做什麼？」遂把缽盂棄擲一旁，只攜了一條敝舊不堪的薄被，大踏步走出寺門，徑向濠州投奔去了。小子恰有一詩詠道：

出身微賤亦何傷，未用胡行舍且藏。
贏得神明來默示，頓教真主出濠梁。

欲知元璋投依何人，且看下回續敘！

前半回敘述緣起，為全書之楔子，已將一部明史，籠罩在內；入後舉元季衰亂情狀，數行了之，看似太簡，實則元事備見元史。此書以明史為綱，固不應喧賓奪主也。後半回敘明祖出身，極寫當時狼狽情狀，天降大任於是人也，必先苦其心志，勞其筋骨，餓其體膚，如明祖朱元璋，殆真如先哲之所言者，非極力演述，則後世幾疑創造之匪艱，而以為無足重輕，尚誰知有如許困苦耶？至若筆力之爽健，詞致之顯豁，尤足動人心目，一鳴驚人，知作者之擅勝多矣。

第二回　投軍伍有幸配佳人　捍孤城仗義拯主帥

卻說朱元璋出寺前行，一口氣跑到濠州，遙見城上兵戈森列，旗幟飄揚，似有一種嚴肅的氣象，城外又有大營紮著，好幾個赳赳武夫，守住營門。他竟不遑他顧，一直闖入，門卒忙來攔阻，只聽他滿口喧嚷道：「要見主帥！」當下驚動了營中兵士，也聯翩出來，看他是個光頭和尚，已覺令人驚異，嗣問他是何姓氏？有無介紹？他也不及細說，只說是朱元璋要見主帥。大眾還疑他是奸細，索性把他反縛，擁入城中，推至主帥帳前。元璋毫不畏懼，見了主帥，便道：「明公不欲成事麼？奈何令帳下守卒，縶縛壯士？」自命不凡。那上面坐著的主帥，見他狀甚奇兀，龍形虎軀，開口時聲若洪鐘，不禁驚喜交集，便道：「看汝氣概，果非常人，汝願來投效軍前麼？」元璋答聲稱是。便由主帥呼令左右，立刻釋縛，一面問他籍貫裡居。元璋說明大略，隨即收入麾下，充作親兵。看官！你道這主帥為誰？便是上次所說的郭子興。至此始點醒主帥姓名，文不直捷。

子興得了元璋，遇著戰事，即令元璋隨著。元璋感激圖效，無論什麼強敵，總是奮不顧身，爭先衝陣。敵軍畏他如虎，無不披靡，因此子興嘉他義勇，日加信任。一日，子興因軍事已了，踱入內室，與妻張氏閒談，講到戰事得手，很覺津津有味。張氏亦很是喜慰。嗣複述及元璋戰功，張氏便進言道：「妾觀元璋，不是等閒人物，他的謀略如何，妾未曾曉，唯他的狀貌，與眾不同，將來必有一番建樹，須加以厚恩，俾他知感，方肯為我出力。」張氏具有特識，也算一個智婦。子興道：「我已拔他為隊長了。」張氏道：「這不過是尋常報績，據妾愚見，還是不足。」子興道：「依汝意見，將奈何？」張氏道：「聞他年已二十五六，尚無家室，何不將義女馬氏，配給了他？一可使壯士效誠，二可使義女得所，倒也是一舉兩得呢！」子興道：「汝言很是有理，我當示知元璋便了。」次日升帳，便召過元璋，說明婚嫁的意思。元璋自然樂從，當即拜謝。子興便命部將兩人，作為媒妁，選擇良辰，準備行禮。

小子敘到此處，不得不補述馬氏來歷。先是子興微時，曾與宿州馬公為刎頸交。馬公家住新豐里，佚其名，其先世為宿州素封，富甲一鄉，至馬公仗義好施，家業日落，妻鄭媪生下一女，未幾病逝。馬公殺人避仇，臨行時曾以愛女托子興，子興領回家中，視同己女。後聞馬公客死他方，益憐此女孤苦，加意撫養。子興授以文字，張氏教以針黹，好在馬氏聰慧過人，一經指導，無不立曉。與明祖朱元璋，恰是不謀而合。至年將及笄，出落得一副上好身材，模樣端莊，神情秀越，穠而不豔，美而不佻；還有一種幽婉的態度，無論如何急事，她總舉止從容，並沒有疾言遽色。的是國母風範。所以子興夫婦，很是鍾愛，每思與她聯一佳偶，使她終身有託，不負馬公遺言。湊巧元璋投軍，每戰輒勝，也為子興夫婦所器重，所以張氏倡議，子興贊成，天生了一對璧人，借他夫婦作撮合山，成為眷屬，正所謂前生注定美滿姻緣呢。說得斐亹可觀。

吉期將屆，子興在城中設一甥館，令元璋就館待婚，一面懸燈結綵，設席開筵，熱鬧了兩三日，方才到了良辰；當由儐相司儀，笙簧合奏，請出了兩位新人，行交拜禮；接連是洞房合巹，龍鳳交輝，一宵恩愛，自不消說。和尚得此，可謂奇遇。自此以後，子興與元璋，遂以翁婿相稱，大眾亦另眼看待，爭呼朱公子而不名。唯子興有二子，素性褊淺，以元璋出身微賤，無端作為贅婿，與自己稱兄道弟，一些兒沒有客氣，未免心懷不平。元璋坦白無私，那裡顧忌得許多？偏他二人乘間抵隙，到子興面前，日夕進讒，說他如何驕恣？如何專擅？甚且謂陰蓄異圖，防有變動。子興本寵愛元璋，不肯輕信，怎奈兩兒一倡一和，時來絮聒，免不得也惶惑起來。愛婿之心，究竟不及愛子。元璋不知就裡，遇有會議事件，仍是侃侃而談，旁若無人。某日為軍事齟齬，竟觸動子興怒意，把他幽諸別室，兩子喜歡得很，想從此除了元璋，遂暗中囑咐膳夫，休與進食。事為馬氏所知，密向廚下竊了蒸餅，擬送元璋。甫出廚房，可巧與張氏撞個滿懷，她恐義母瞧透機關，忙將蒸餅納入懷中，一面向張氏請安。張氏見她慌張情狀，心知有異，故意與她說長論短，馬氏勉強應答，已覺得言語支吾；後來柳眉頻蹙，珠淚雙垂，幾乎說不成詞，經張氏挈她入室，屏去婢媼，仔細詰問。方伏地大哭，稟明苦衷。張氏忙令解衣出餅，那餅尚熱氣騰騰，黏著乳頭，好容易將餅除下。眼見得乳為之糜，幾成焦爛了。難為這雞頭肉。張氏也不禁淚下，一面命她敷藥，一面叫入廚師，速送膳與元璋。是夕，便進諫子興，勸他休信兒言。子興本是個沒主意的人，一聞妻語，也覺得元璋被誣，即命將元璋釋放，還居甥館。張氏復召入二子，大加喝斥，二子自覺心虛，不能強辯，也只好俯首聽訓。嗣是稍稍顧忌，不敢肆惡，元璋也得少安了。虧得有此泰水。

越數日，接到軍報，徐州被元軍克復，李二敗走。又越日，守卒來報，彭大趙均用率眾來降，願謁見主帥。子興聞知，亟令開城延入，以賓主禮相見。彼此寒暄，頗為歡洽。當下設宴款待，飲酒談心。突由探馬馳入，報稱元軍追趕敗兵，將到城下了。統帥叫做賈魯。子興不禁皺眉道：「元兵又來，如何對待？」可見子興沒用。旁座一人起言道：「元軍乘勝而來，勢不可當，不如堅壁清野，固守勿戰，令他老師曠日，銳氣漸衰，方可以逸待勞，出奇制勝。」眾聞言，注目視之，乃是嬌客朱元璋。明寫元璋獻計，是破題兒第一遭。彭大趙均用問子興道：「這位是公何人？」子興答是小婿。彭大便道：「令坦所言，未嘗不是。但聞足下起義徐州，戰無不勝，此刻元兵到來，何妨出城對敵，殺他一個下馬威，免使小覷。某等雖敗軍之將，也可助公一臂，聊洩前恨。」子興鼓掌稱善。匆匆飲畢，撤了酒餚，整備與元軍廝殺。看官聽著！這彭大趙均用，本是著名盜魁，與李二通同一氣。李二兵敗竄死，彭趙兩人，皆被元軍殺退，立腳不住，投奔濠州。子興聞他大名，以為可資作臂助，所以甚表歡迎，虛己以聽。錯了念頭。元璋不便再言，勉強隨著子興，出城迎敵，彭趙也率眾後隨。方才布成陣勢，見元軍已大刀闊斧，衝殺前來，兵卒似蟻，將士如虎，任你如何抵拒，還是支撐不住。子興正在慌忙，忽後隊紛紛移動，退入城，霎時間牽動前軍，旗靡轍亂，子興撥馬就回，元軍乘勢搶城，虧得元璋帶領健卒，奮鬥一場，方將元軍戰卻，收兵入城；力寫元璋。一面闔城固守，登陴禦敵。元軍復來猛攻，由元璋晝夜捍禦，還算勉力保全。

子興退回城中，彭大復來密談，把後隊退兵的錯處，統推到趙均用身上。子興又信以為真，優禮彭大，薄待趙均用，又是一番釁隙。均用從此含怨。可巧子興黨羽孫德崖，募兵援濠，突圍入城，子興與議戰守事宜，德崖主戰，子興主守，意見未協，免不得稍有齟齬。均用乘此機會，厚結德崖，擬除了子興，改奉德崖為主帥。看官！你想此時的草澤英雄，哪個不想做全城的頭目？當濠州起兵時，德崖與子興，本是旗鼓相當，因子興較他年長，不得不奉讓一籌，屈己從人，此次由均用從中媒蘖，自然雄心勃勃，不肯再作第二人思想。子興尚是睡在鼓中，一些兒沒有分曉，就是元璋在城，也只留意守禦，無暇偵及祕謀。

一夕，元璋正策馬梭巡，忽奉張氏密召，立命進見。當下應召入內，見張氏在座，已哭得似淚人兒一般，愛妻馬氏，也在旁陪淚，不禁驚詫起來，急忙啟問。張氏嗚嗚咽咽，連說話都不清楚；應有此狀，虧他描摹。還是馬氏旁答道：「我的義父，被孫德崖賺去了，生死未卜，快去救他！」元璋聞言，也不及問明底細，三腳兩步的跑出室外，即號召親兵，迅赴孫家。一面遣人飛報彭大，令速至孫家救護子興。說時遲，那時快，元璋已馳入孫門。突被門卒阻住，元璋回顧左右道：「我受郭氏厚恩，忍見主帥被賺，不進去力救麼？兄弟們替我出力，打退那廝！」眾卒奉命上前，個個揮拳奮臂，一鬨兒將門卒趕散。元璋當先衝入，跨進客堂，適德崖與均用密議，見元璋到來，料知來救子興，恰故意問道：「朱公子來此何干？」元璋厲聲道：「敵逼城下，連日進攻，兩公不去殺敵，反賺我主帥，意欲圖害，是何道理？」德崖道：「我等正邀請主帥，密議軍機，不勞你等費心。你且退！守城要緊，休得翫忽！」元璋道：「主帥安在？」德崖怒目道：「主帥自有寓處，與你何干？」元璋大忿，方欲動手，驀聞外面有人突入道：「均用小人，何故謀害郭公，彭大在此，絕不與你干休！」元璋聞聲，越覺氣壯，雄糾糾的欲與德崖搏鬥。德崖見兩人手下，帶有無數健卒，陸續進來，擠滿一堂，不由的怕懼起來，反捏稱主帥已返，不在我家。元璋憤答道：「可令我一搜嗎？」德崖尚未答應，彭大已從後插嘴道：「有何不可？快進去！快進去！」於是元璋擁盾而入，直趨內廳，四覓無著，陡聞廳後有呻吟聲，躡跡往尋，見有矮屋一椽，扃甚嚴，當即毀門進去，屋內只有一人，鐵鏈鋃鐺，向隅暗泣，凝目視之，不是別人，正是濠州主帥郭子興，主帥如此，太覺倒楣。是時不遑慰問，忙替他擊斷鎖鏈，令部兵背負而出。德崖與均用，睜著眼見子興被救，無可奈何。元璋即偕彭大趨出，臨行時又回顧德崖道：「君與主帥同時舉義，素稱莫逆，如何誤聽蜚言，自相戕賊？」又語趙均用道：「天下方亂，群雄角逐，君既投奔至此，全靠同心協力，共圖大舉，方可策功立名，願此後休作此想！」言已，拱手而別。前硬後軟，妙有權術。弄得孫趙兩人，神色慚沮，反彼此互怨一番，作為罷論（此事悉本《太祖本紀》。唯《本紀》敘此事，在濠未被圍之前，而谷著《紀事本末》，則言此事在被圍之時，且事實間有異處，本編互參兩書，以便折衷）。

元璋既救出子興，仍加意守城，會元軍統帥賈魯，在營罹病，日漸加劇，以是攻擊少懈。越年，賈魯病死，元軍退去。自濠城被圍，迄於圍解，差不多有三四月，守兵亦多半受傷。元璋稟知子興，擬另行招募，添補行伍，子興照允，將此事委任元璋。元璋即日還鄉，陸續募集，得士卒七百名，內中有二十四人，能文能武，有猷有為，端的是開國英雄，真皇輔弼（為後文埋根）。這二十四人何姓何名？待小子開列如下：

徐達　湯和　吳良　吳楨　花雲陳德　顧時　費聚　耿再成　耿炳文　唐勝宗　陸仲亨　華雲龍　鄭遇春　郭興　郭英　胡海　張龍　陳桓　謝成　李新材　張赫　周銓　周德興

元璋得了許多英材，與他們談論時事，很是投機。當下截止招募，帶領七百人回濠，稟報子興。子興按名點卯，七百人不錯一個，便算了事，唯署元璋為鎮撫，令所募七百人，歸他統率。元璋拜謝如儀。隔了數日，元璋方料理簿書，有一人進來稟謁，視之乃是徐達，便問道：「天德有何公幹？」徐達見左右無人，便造膝密陳道：「鎮撫不欲成大業麼？何故鬱鬱居此，長屈人下？」元璋道：「我亦知此地久居，終非了局，但羽毛未滿，不便高飛，天德如有高見，幸即指陳！」徐達道：「郭公長厚，德崖專橫，彭趙又相持不下，公處此危地，事多牽掣，萬一不慎，害及於身，奈何不先幾遠引？」識見高人一層。元璋道：「我欲去此他適，必須有個脫身的計策，否則實滋疑竇，轉召危機。」徐達道：「郭公籍隸定遠。目今定遠未平，正好藉此出兵，想郭公無不允行。」元璋道：「我方募兵七百名，署為鎮撫，若統率南行，無論謠諑易生，即郭公亦多疑慮。」徐達道：「七百人中，可用的不過二十餘人，公只將二十餘人率著，便足倚任，此外一概留濠，那時郭公便不致動疑了。」元璋點頭道：「天德此言，甚合我意，我當照行。」徐達乃趨出候命。達字天德，元璋稱字不稱名，便是器重徐達的意思（徐達為開國元勛，故從特筆）。元璋即入稟子興，出徇定遠，並請將原有部兵，歸屬他將，只率二十四人同行。子興欣然應允。不出徐達所料。於是元璋整裝即行，這一行，有分教：

踏破鐵籠翔彩鳳，沖開潛窟奮飛龍。

欲知南徇定遠情形，請看官續閱下回。

投軍為明祖奮跡之始，成婚為明祖得助之始，救郭子興為明祖報績之始，募兵七百，得英材二十四，為明祖進賢之始，逐層寫來，有聲有色。他若郭子興之庸柔，孫德崖之貪戾，彭大之粗豪，趙均用之刁狡，皆為明祖一人反射。尤妙在用筆不直，每述一事，輒用倒戟而出之法，使閱者先迷後醒，益足饜目。看似容易卻艱辛，閱僅至此，已自擊節不置。

第三回　攻城掠地迭遇奇材　獻幣釋嫌全資賢婦

卻說徐達、湯和等二十餘人，隨著元璋，南略定遠。定遠附近有張家堡，駐紮民兵，號驢牌寨。元璋請費聚往察情形，費聚返報寨中乏食，意欲出降。元璋大喜道：「此機不可坐失。」便命費聚前導，另選數人為輔，上馬急行。將到寨前，遙見寨中有二將出來，大聲呼著，說是來者何為？費聚心恐，叩馬諫元璋道：「彼眾我寡，未便深入，不如回招人馬，然後前來。」元璋笑道：「多人何益，反令彼疑。」有膽有識。言畢下馬，即褰裳渡濠，徑詣寨門，寨主倒也出見。元璋道：「郭元帥與足下有舊，聞足下孤軍乏食，恐遭敵噬，因遣我等相報，若能相從，請即偕往，否則移兵他避，免蹈孤危。」寨主唯唯從命，只請元璋留下信物，作一證據，元璋慨解佩囊，給與寨主，寨主邀與入營，獻上牛酒，大家飽餐一頓，食畢，元璋即請寨主促裝，寨主以三日為期。元璋道：「既如此，我且先返，留費聚在此，與君同來便了。」寨主允諾，元璋即策馬而歸。徐達等接見元璋，詢明情狀。徐達道：「恐防有變。」料事如神。元璋哂道：「我亦慮此。」所見相同。徐達道：「達聞寨兵約三千人，若負約來爭，眾寡不敵，請即募兵以備不虞。」元璋稱善，即懸旗招兵。閱三日，約得壯士三百人。忽見費聚踉蹌奔還，喘聲道：「不、不好了！不好了！該寨主自食前言，將有他變。」元璋投袂道：「小醜可恨，我當立擒此賊。」於是拔營齊赴，且令壯士潛匿囊中，詭作軍糧，載以小輿，頃刻抵寨，遣人告寨主道：「郭元帥命持軍糧來，請寨主速出領取！」寨主正愁乏食，聞信大喜，飛步而出。元璋接見，即令運囊下車，一聲吶喊，壯士皆破囊突出，立將寨主拿下。果然妙計。元璋又命部下縱火，攻毀營壘，嚇得寨兵無處逃遁，齊呼願降，乃將寨兵縱放，把舊壘一炬成墟，當下收檢降兵，一律錄用，只嚴責寨主負約，申行軍律，喝令斬訖。該殺。嗣是遠近聞風，多來歸附。

獨定遠人繆大亨，擁眾二萬人，受元將張知院驅遣，屯踞橫澗山。元璋與徐達商議，定下一條好計，密授花雲，令他照行。花雲分兵去訖。且說繆大亨所率部眾，本系民間義勇，不受元將拘束。嗣因張知院設法聯結，乃受他節制。此時聞元璋已破驢牌寨，恰也隱有戒心，日夕防範。接連數日，毫無影響，防務漸漸鬆懈。一夕，正闔營酣寢，夢中覺得有呼噪聲，蹴踏聲，相率起床出視，不料外面已萬炬齊明，火光燭地，把全營照得通紅，頓時眼目昏花，不知所措。大亨情急欲逃，方才上馬，見敵兵已毀營殺入，為首一員大將，裹著鐵甲，駕著鐵驪，持了一柄大刀，飛舞而來，險些兒把腦袋砍破，急忙用刀架住，啟口問道：「黑將軍快通名來，休得亂砍！」來將答道：「我乃濠州大將花雲，特來借你的頭顱。」妙語解頤。大亨道：「彼此無仇，何故相犯？」花雲道：「元主無道，天怒人怨，我等仗義而來，正為吊伐起見，你既糾眾起義，應具同心，為什麼反受元將監督，甘心作倀？我所以特來問罪，你若悔過輸誠，我亦既往不咎，倘或說一不字，我的刀下，恰不肯半點容情。」聲容俱壯。大亨尚擬抗拒，怎奈部眾已倉皇失措，人仰馬翻，只得忍氣答道：「要我投誠，也是不難，還請將軍息怒！」花雲道：「你既聽我良言，尚有何說，你令部眾棄械投誠，我亦當禁軍屠戮。」大亨應允，便兩下傳令，一邊釋械，一邊停刀。復經花雲婉轉曉諭，說得大亨非常佩服，連降眾都是傾心。於是橫澗山二萬義兵，統隨著花雲，來歸元璋。元璋好言撫慰，正在按名錄簿，又得軍士喜報，橫澗山旁寨目秦把頭，也率眾來降了。隨即傳令入見，免不得溫詞獎勉，一面檢閱秦把頭部眾，約共得八百人。人多勢旺，威聲大震。

定遠人馮國用，與弟國勝，也挈眾來歸，元璋見他儒冠儒服，溫文爾雅，不覺起敬道：「賢昆王冠服雍容，想總是讀書有年，具有特識，現在天下未定，何術蕩平？願有以教我！」國用道：「大江以南，金陵為最，龍蟠虎踞，向屬帝王都會，公既率師南略，請先拔金陵定鼎，然後命將四出，救民水火，倡行仁義，勿貪子女玉帛，天下歸心，何難平定？」（後來元璋行事，悉本是言，故錄述獨詳。）元璋大悅，令國用兄弟，入居帷幄，參贊戎機。一面下令拔營，向滁陽出發。途次有一人迎謁，舉止不凡，由元璋問他姓名，答稱：「李姓名善長，字百室，是本地人氏，籍隸定遠。」元璋又欲考核才識，叩問方略，善長從容答道：「從前暴秦不道，海內紛爭，漢高崛起布衣，豁達大度，知人善任，不嗜殺人，五載即成帝業。今元綱既紊，天下崩裂，與秦末相同，公系濠產，距沛不遠，山川王氣，鍾毓公身，若能效漢高所為，亦當手定中原，難道古今人必不相及麼？」又一個王佐之言。元璋又歡慰非常，留居幕下，掌任書記，籌備糧運。居然作蕭相國。復飭花雲為先鋒，帶著前隊，飛速進行。

花雲當先開道，孑身前驅，途遇土匪數千人，毫不畏怯，提劍躍馬，橫衝而過。各軍陸續隨上，如入無人之境。群盜自相驚顧道：「黑將軍來了，勇不可當，休與爭鋒！」言畢，各分道散去。花雲直至滁陽，竟薄城下。城內守吏，聞風早遁，只有流寇往來，入城搶掠，一聞花雲軍至，連忙逃出城外。可巧被花雲截住，亂斫亂殺，信手掃蕩，滾去頭顱無數，眼見得滁城內外，一鼓肅清了。真是容易。元璋率軍入城，安民已畢，忽來了一個少年，兩個童兒，少年呼元璋為叔，一童兒呼元璋為母舅，一童兒呼元璋為義父，俱由元璋接見。欣喜之中，恰帶著幾分酸楚。看官道是何人？待小子說個明白：少年系元璋的姪兒，名叫文正，自從元璋為僧，彼此不通聞問，差不多有八九年。一童系元璋姊子，盱眙人，姓李名文忠，其母已死，隨父避難，流離轉徙，又與父相失，九死一生，方得到滁。一童系元璋的寄子，姓沐名英，定遠人，幼時父母雙亡，沿途乞食，元璋在濠州時，出城巡察，見他面貌雄偉，無寒乞相，特命他隨歸，令妻馬氏撫養，視同己子。此時結伴同來，重行聚首，悲喜交集，自在意中。文忠年最幼，只十四歲，走近元璋身前，依依不捨，元璋戲摩其頂，文忠亦牽著元璋衣襟，捉弄不已。元璋笑道：「外甥見舅，彷彿見母，所以如此親暱，我看你母早亡，你父想亦殉難，不如隨我姓朱罷！」文忠道：「願從舅命。」元璋又顧沐英道：「你既為我寄子，也可改姓為朱。」沐英亦唯命是從（李沐兩人，後皆立功封王，故並筆詳敘）。三人俱留住滁陽。

元璋復遣將四出，取鐵佛崗，攻三汊河口，收全椒、大柳諸寨，正在戰勝攻取的時候，突有泗州差官到來，說是奉郭元帥命令，飭鎮撫移守盱眙。元璋驚訝道：「郭公何時到泗州？」來使道：「這是彭趙兩公的計畫，郭元帥擇善而從。」元璋又問道：「濠州何人把守？」來使道：「孫公德崖，留守濠州。」元璋沉吟半晌道：「我知道了。彭趙兩人，挾主往泗，且令我移軍盱眙，以便就近節制，這正是一網打盡的好計。但我只知有郭公命，不知有彭趙命，你去回覆了他，教他休逞刁謀，我元璋不是好惹呢！」（彭趙情跡，從元璋口中敘出，既省筆墨，且寫元璋之智。）來使語塞，告別而去。嗣是元璋特別注意，常遣偵騎至泗州，探聽消息。約越兩旬，偵騎回報，彭趙兩人，爭權內鬨，彭大中矢身亡，部曲為趙所並，氣焰益張（結果彭大）。元璋嘆道：「均用得勢，郭公更危了。」當下與李善長商議，令善長寫就一書，遣人賚遞均用，其書道：

公昔困彭城，南趨濠，使郭公閉門不納，死矣。得濠而踞其上，更欲害之，毋乃所謂背德不祥乎？郭公即易與，舊部俱在，幸毋輕視，免貽後悔！

均用得書，心中雖是憤恨，恰也顧忌三分，不敢遽害子興。唯元璋在滁，尚恐均用為逆，一時不及往救，左思右想，定了一條賄賂計，立遣人賚送金帛，賄通均用左右，令他設法脫免子興。果然錢神有靈，青蚨一去，泰岳飛來，大雅不群。元璋忙開城迎接，見子興挈著妻孥，及義女馬氏，接踵而至，當即迎入城中，推子興為滁陽王，令所有部眾，悉歸子興節制。可謂長厚。子興甚是歡悅。誰知過了一月，子興又變過了臉，漸漸的疏淡元璋，性情反覆，實是可殺。凡元璋親信的將士，多被召用，連元璋記室李善長，也欲收置麾下。善長涕泣自訴，誓不肯行，子興不能相強，方才罷休。

嗣是元璋特別韜晦，遇有戰事，輒不與聞，子興也不願與議。偏是猜忌越深，讒言越盛，有說元璋不肯出戰，有說元璋出戰，不肯效力，子興統記入腦中。適值寇兵到滁，子興立召元璋入帳，令他往剿。元璋應聲願往，子興又另遣一將，與元璋並轡出城。此將何用？分明是監督元璋。甫與寇兵相接，該將已身中流矢，拍馬走還，真是飯桶。陣勢幾亂。寇兵俱乘間殺來，幸元璋搴旗而前，麾眾直上，搏鬥了好多時，方將寇兵擊退，元璋馳回報功，子興仍不加禮貌，只淡淡的敷衍了數語。元璋未免懊喪，返入內室，長吁短嘆，悶悶不已。馬氏在旁慰問道：「聞夫君出戰得勝，妾正欣慰非常，何故夫君尚有慍色？」元璋嘆息道：「卿一婦人，安知我事？」馬氏道：「妾知道了，莫非因妾義父，薄待夫君麼？」元璋道：「卿既知悉，何勞再說！」馬氏道：「君亦察知義父的隱情麼？」元璋道：「前此忌我專擅，我願撤銷兵權，今此疑我推諉，我卻爭先殺敵，偏他仍是未愜，今我無從揣測，想總是與我有仇罷了。」馬氏道：「並非與夫君有仇，敢問夫君屢次出征，有無金帛歸獻？」元璋愕然道：「這卻沒有。」馬氏道：「他將出戰，還兵時必有所獻，君何故與別人不同！」元璋道：「他們是虜掠得來的，我出兵時，秋毫無犯，那裡來的金帛？就使從敵兵處奪了些兒，也應分給部下，奈何獻與主帥？」馬氏道：「軫恤民生，慰勞將士，應該作此辦法，但義父未察君情，反疑君為幹沒，是以不快於心。今妾幸有薄蓄，當出獻義母，俾向義父前說情，可保後來釋怨。」好馬氏，好賢婦，我願範金事之。元璋道：「依卿所言便了。」是夕無話，越日，馬氏即檢出金帛，親呈義母張氏。張氏果喜，即與子興說明。子興怡然道：「元璋頗有孝心，我前此錯疑了他。」所爭僅此，令人憤嘆。自此疑釁漸釋，遇有軍事，仍與元璋熟商。元璋感念內助，伉儷益敦。又越數日，子興二子，邀元璋出城宴飲，馬氏聞知，即密語元璋道：「君宜小心！從前義父挾嫌，多由兩人播弄，今乃設宴款君，恐是不懷好意。可辭則辭，休墮他計！」元璋笑道：「區區二豎，何能害我？我當設法免難，願卿勿憂！」言畢趨出，即與王子二人，乘馬赴飲。甫至中途，元璋忽從馬上躍下，對天喃喃，若有所見。既而復騰身上馬，攬轡馳還。王子忙驚呼道：「同約赴飲，何為半途奔回？」元璋回叱道：「我不負你，你何故設計害我？幸空中神明指示，說你兩人置毒酒中，令我中道馳歸，免得中毒！」言已，縱馬自去。兩人汗流浹背，俟元璋走遠，方密語道：「酒中下毒，是我兩人的祕謀，此外無人得知，他如何瞧透機關？莫非果有神明不成？」呆鳥。當下怏怏同歸，收拾了一片歹心，就使至乃父前，也絕口不談元璋功過，於是翁婿協好，郎舅無尤，好好一座滁陽城，從此鞏固，元璋亦稱快不置。應謝賢妻。

會元軍進圍六合，六合主將，至滁求救，子興素與六合有隙，拒絕發兵。元璋進諫道：「六合與滁，唇齒相依，六合若破，滁不獨存，應即赴援為是。」子興躊躇良久，問來使道：「元兵約有若干？」來使道：「號稱百萬。」子興不禁伸舌道：「這、這般大兵，何人敢去一行？」帳下都面面相覷，不發一言。鼯鼠技窮，越顯出蛟龍厲害。元璋道：「某雖不材，願當此任。」如聞其聲。子興道：「且先問卜，何如？」元璋道：「卜以決疑，不疑何卜。」子興乃允，即令來使先返，隨撥兵萬人，歸元璋統領，剋日前往。元璋去後，子興專望捷音，越數日得了軍報，說是六合解圍，自然快慰。又越一日，探馬來報，元兵大舉攻滁，子興大驚道：「元璋何往？」探馬報稱未知，嚇得人人喪膽，個個驚心，小子有詩詠道：

軍事由來變幻多，猝逢大敵急如何？
若非閫外英雄在，日暮何人得返戈。

畢竟滁陽何故被兵，元璋何故未歸，小子暫一擱筆，姑至下回交代。

昔周武有十亂而得天下，邑姜與焉。先聖嘆為才難，才固難矣，愚意則更有進者，自古帝王崛起，有外輔，尤須有內助。邑姜之功，不亞周召，故武王宣誓，獨廁邑姜於十亂之列，非十亂以外，必無才彥，不過德有大小，功有巨細，舉十亂，可以概餘子耳。若明祖朱元璋之南略定滁，外得徐湯諸人以為之佐，猶之周召也，而內則全資馬氏，馬氏亦一邑姜歟？本回內外兼敘，注重得人，閱之可以知明祖開國之由來，非僅工敘述已也。

第四回　登雉堞語驚張天祐　探虎穴約會孫德崖

卻說郭子興接著軍報，驚悉元兵來攻，連忙問及元璋，又未見率兵回來，究竟是何原因？待小子申說明白。原來泰州人張士誠，占據高郵，由元丞相脫脫督諸軍進討，大敗士誠部眾，乘勝分兵圍六合。六合主將向滁陽求救，元璋率耿再成等往援，與元兵對仗，互有勝負。尋以元兵勢大，未便久持，故意斂兵，潛入民舍，另遣婦女倚門，戟手痛詈，元兵恐他誘敵，相率驚愕，不敢逼入，漸漸引去。那時元相脫脫，早聞知滁陽出援，想出了一條釜底抽薪的計策，竟分兵來攻滁陽。這邊元璋未歸，那邊元兵將到，探馬遇警即報，未嘗面面顧到，所以把元璋一邊，答稱未知。子興舊部，統是酒囊飯袋，一些兒不中用，聞得這般警報，怎得不驚？怎得不慌？說明底細，足令閱者一快。

正是危急倉皇的時候，又一探馬來報：「朱將軍回來了。」是一位大救星。子興得此一信，方將出竅的魂靈，收轉身中，方欲出城親迓，緩則墮淵，急則加膝，是庸主待人常態。元璋已率眾進城，彼此晤敘，不及細談，只與商量防敵的計策。元璋道：「火來水掩，兵來將擋，怕他什麼？」子興稍稍放心，隨命元璋出戰。元璋自然奉命，不及休息，又復麾眾出城，探聽元兵行蹤，距城已不過十里，連忙設伏澗旁，令耿再成帶著數百人，渡澗誘敵，自己在城下立營，專待元兵到來。是謂好謀而成。元兵似風馳電掣一般，直指滁陽，途中遇著耿再成，看他手下的兵士，很是有限，全然不放在眼裡，一聲呼噪，爭先驅殺。再成的兵好似風捲殘雲，頃刻逃散。分明誘敵。元兵奮力追趕，走近澗邊，見敗兵梟水逸去，也紛紛下馬，褰裳涉流；猛聽得鼓角齊鳴，兩岸林間，殺出無數人馬，前隊都列著弓箭手，個個拈弓搭矢，向元兵射來。元兵躲避不及，忙即渡回，已是一半中箭，倒斃澗中。元璋見元兵中計，復率大隊趕來。在城將吏，聞元璋得手，也不待子興命令，一擁而出，踴躍爭功。此是若輩慣技，幸元兵別無祕計，否則全城休矣。大眾追了一程，還是元璋勒馬停住，聲言窮寇勿追，方才收兵。途中拾得元兵棄械，不計其數，統是歡喜得很，返入城中，向子興前報捷去了。元璋尚恐元兵再至，密囑部曲戒嚴，旋聞元相脫脫，已削職充戍，方喜慰道：「元朝大將，只靠脫脫一人，他已貶謫，餘人不必慮了。」嗣聞脫脫接連被讒，遠竄賜死，禁不住一喜一嘆，含蓄不盡，令閱者自思（脫脫之貶死，關係元朝存亡，故特筆提明）！這是後話不提。

且說元璋在滁無事，復有一位長身鐵面的英雄，自稱從虹縣來投，姓名叫做胡大海，特來求見朱公（又復一番敘法）。元璋聞報，亟命延入，瞧將過去，覺得相貌堂堂，威風凜凜，便起身相迎，令他旁坐，一問一答，無非是說行兵要略，兩下裡很是投機，元璋即命他為先鋒。轉眼間已是至正十五年，城中兵食，日漸缺乏，子興召諸將籌畫軍糈，元璋進言道：「困守孤城，何處得糧？鄰近唯和陽城，未經騷亂，想必儲有積粟，何妨遣將往取。」諸將笑道：「朱公子談何容易，和陽雖小，城高池深，又有重兵守著，如何取得？」元璋道：「我亦非不知此，但不能力勝，還當智取，難道就坐困不成？」是極。子興忙問計將安出。元璋道：「從前攻民寨時，曾得廬州兵三千，頗稱勇敢，今可令他椎結左衽，穿著青衣，扮作北軍模樣，帶著槖駝四頭，駕運貨物，只說是廬州兵護送北使，至和陽賞賚將士，一面用絳衣兵潛隨後面，俟青衣兵賺開城門，舉火為號，便可掩他不備，鼓行直入。城池到手，還怕糧餉不為我有麼？」子興喜道：「此計甚善。」諸將亦齊聲贊成。毛遂所謂公等碌碌，因人成事者也。當下令張天祐率青衣兵先行，耿再成率絳衣兵後隨，先後相隔數里，陸續向和陽出發。

天祐至謂陽關，和陽父老，聞北使過境，攜著牛酒，出關迎獻。當由天祐接受，揀了一個僻靜地方，歡呼暢飲，幾忘朝暮。得魚忘筌，煞是可笑。至再成兵將近和陽，眼睜睜的望著前面，並不見有煙火動靜，停住了好一歇，仍是杳然。再成還道自己來遲；火已舉過，忙率眾趨至城下，守將也先帖木兒，急令閉城，用飛橋縋兵出戰。再成不見天祐，已是心亂，勉強招架元兵，戰了數合，突來了一支硬箭，慌忙躲閃，已中左肩，險些兒跌下馬來，倉皇失措，只好撥馬返奔。元兵追至千秋壩，日暮收兵，從容歸去。不期行到半途，斜刺里殺到一支青衣兵，橫衝直撞，任意蹂踏，想是靠著酒力。元兵措手不及，被他一鼓衝散。看官不必細猜，便可知是張天祐所領的兵馬。至此才到。天祐既衝散元兵，一口氣跑到城邊，但見西門上面，立著一位長身闊面的大將，盔甲耀光，似曾相識，寫出昏黃景象。正疑訝間，只聽得大將呼道：「張將軍來遲了。」這是何人？令我無從捉摸。這一語傳到耳中，方覺聞聲知名。看官道是何人？乃是朱元璋部下的湯和。點出姓名，尚不知從何而來？筆法奇變，可推絕頂。天祐又喜又驚，待湯和開城放入，忙即問明底細。湯和道：「我是奉朱元帥密令，從間道到此，接應諸公，乃到了城下，並沒有諸公蹤跡，只有飛橋架著城上，我就乘便登城，想去拿也先帖木兒，誰料他卻刁狡得很，竟一溜煙走了。我看夜色已昏，不便窮追，因在城上恭候諸公。」說畢大笑，天祐未免懷慚（就湯和口中，敘出原因，真是計中有計，極寫元璋智慮。一笑一慚，尤是好看）。湯和再問耿再成下落，天祐茫無頭緒，反還問湯和，湯和囅然道：「與君偕行，君尚未知，我本繞道而來，如何得曉？想是兩下失約，他見機回去了。目今已得此城，遣使報捷，自見分曉。」當下寫就捷書，遣人赴滁去訖。

且說耿再成敗歸，稟報軍情，子興問及天祐。再成道：「末將薄城，並不見他形影，想他必先行入城，被敵察覺，一律加害。」子興道：「如此奈何？」元璋在旁道：「恐尚未然。」恃有湯和之遣。正說著，又聞元使叩城，齎書招降。子興道：「招降書又到，想天祐必陷沒了。」元璋道：「且先接來書，後見來使。」子興點頭，即令門卒索交來書，遞進察閱。書中只說：「大兵將到，速宜投誠，毋自貽悔」等語。元璋道：「咄！何物胡虜，敢出此言？為今計，應整兵示威，休使輕覷！」子興道：「兵多調出，城守空虛，如何示威？」元璋道：「某自有計，王見來使，幸勿自餒！」隨即趨出，令三門守卒，總集南門，兩旁森列，填塞街衢，方開南門呼來使入。既至帳前，叱來使膝行進見。來使倔強不允，經元璋喝令左右，撳翻地上，才匍匐入帳。子興語來使道：「汝主昏庸，海內大亂，我為保民起見，特起義師，濠滁一帶，以次敉平，汝主反妄怒逞兵，要約招降，難道我果偷生怕死麼？」來使道：「降與不降，任憑裁酌，我係奉命而來，應該以禮相見，為何這般威虐？」子興道：「威虐什麼？」來使道：「小小一座滁州城，靠著幾千名烏合之眾，竟敢背叛天朝，屈辱天使，還說不是威虐麼？」口硬如此，真是個倔強漢。諸將在旁，聽著此語，不由的氣憤填胸，彼此拔劍出鞘，欲殺來使。元璋忙搖手阻住，只大聲道：「來使無禮，應即驅逐！」子興遂喝令左右，攆出來使。過了一日，並不見有元兵到來，元璋方語諸將道：「諸公欲殺來使，不知殺了一人，於我何益？且彼將謂我殺使滅口，競奮而來，轉滋大患，何如恫喝示威，縱之使去，令他傳聞大眾，有所忌憚，自不敢進。」虛者實之，即此之謂。諸將方才無言。

元璋又以張湯諸將，各無音耗，復稟准子興，親率鎮撫徐達，參謀李善長，及健卒千人，往略和陽。途次始接和陽捷報，大眾歡歡喜喜的馳入和陽。既入城，查聞天祐部下，橫行殺掠，乃邀天祐至前，與語道：「諸軍自滁來，多劫人財帛，掠人婦女，此等行為，竊所不取，應申明軍紀，方能安眾。」天祐道：「前事不必提起，此後當禁止劫掠便了。」元璋不便再言，心下很是不悅。未幾，得子興來檄，令元璋總領和陽軍事。元璋以天祐等人，多系子興部曲，慮不相下，乃將來檄留存，暫不釋出；只令開軍事會議，在廳上設著兩席，左右分列。俗例向是尚右，諸將先入，各占右席，元璋後至趨左，提議軍事，諸將皆瞠目相顧，獨元璋剖決如流，屈服眾人，諸將方稍稍敬服。元璋遂創議闢城，分工增築，諸將任其半，自己任其半，約三日竣工。屆期，元璋工竣，諸將尚未就，於是元璋宣召諸將，出檄宣讀。讀畢，就南面坐，正色道：「奉滁陽王檄，統諸公兵，並非由我專擅，今只一築城小事，乃皆愆期，試問他事曷濟？自今以後，違令當斬，願諸公莫怪！」示之以才，臨之以莊，方可壓倒一切。諸將始惶恐聽命。元璋即傳令將士，所得財帛婦女，一應歸還原主，於是人民大悅，有口皆碑了。明祖之所以得民者在此。

是時元世子禿堅，樞密副使絆任馬，及民軍元帥陳埜先，分屯新塘青山雞籠山等處，阻絕和陽餉道。元璋留李善長居守，自率兵分道往攻，禿堅等俱敗退。獨陳埜先乘元璋出兵，竟繞道來襲和陽，虧得善長預先防備，俟埜先薄城，率銳出戰，一番搏擊，俘獲無算，埜先落荒遁去。至元璋歸來，得悉此事，極稱善長智勇，自不必說。一日，有門卒進報，濠州帥孫德崖到了。元璋不識來因，坦然出迎，彼此接見，並馬入城。既登堂，元璋問明來意，德崖道：「濠州乏食，特來乞糧。」元璋允諾，留宴數日，一面稟報子興。不意子興與德崖有隙，竟親領大兵，自滁赴和，來執德崖。度量太窄，何能成事？迨元璋聞知，默料子興此來，定與德崖尋釁，頓時左右為難，不得已先與德崖說明，德崖即起身告別。元璋恐他中道遇仇，復親送至二十里外。可謂仁至義盡。及歸，與子興接著。子興勃然道：「你為何放走德崖？」元璋道：「德崖雖得罪吾王，然究竟患難初交，不應遽絕；且前此構釁，都由趙均用讒諂所致。現在居守濠州，保我梓桑，尚無大過，還望吾王矜宥！」言之有理。子興聽說，無可奈何，勉強住了一宿，仍率兵回滁，鬱怒之下，得了一個肝逆症，水米不進，不到數日，一命嗚呼。不死胡為。其子天敘，忙遣人飛報元璋，元璋得訃，星夜馳至滁州，發喪開吊，悲慟不已。子興舊部，見元璋如此忠義，各自感愧，議奉元璋為王。元璋不從，經大眾再三慫恿，方權為統帥，兼領子興部曲。一面馳檄各處，一面挈領妻孥，仍返和陽。

那時孫德崖已返濠州，接到滁州檄文，不禁憤憤道：「元璋那廝，煞是可恨！我前去問他借糧，他佯為允諾，暗中恰通知子興，與我尋仇，幸我早走一著，方得免害。此次子興去世，他未嘗與我函商，擅為統帥，藐我太甚，我當興兵前去，與他賭個雌雄。」部將吳通獻計道：「元璋並有滁和，氣焰方盛，若出兵與爭，恐難取勝，不如借開會慶賀為名，誘他來濠撫眾，就席間刺殺了他，借洩餘恨。」德崖連稱好計，計固甚善，如皇天不佑何。遂令部下繕就一書，只說是公為統帥，輿情歡忭，茲於濠城開會慶賀，取名興隆，願即日速駕惠臨，俾資瞻仰，無任翹企等語。當由德崖緘印，遣人齎投和陽。元璋得書，欣然願往。徐達道：「德崖桀驁，恐有詐謀，元帥不宜前行。」元璋道：「鴻門與宴，漢高未嘗罹害，但教得人保護，便可無虞。」隱然以漢高自居。言未已，旁閃出一人道：「末將不才，願隨元帥同往。」元璋視之，系是吳楨，乃笑道：「樊噲重生，尚有何慮？」元璋非不知冒險，亦好奇之意爾。胡大海亦挺身道：「某亦願往。」元璋道：「你與徐天德等，率軍後隨，遇有急變，速即殺出為要。」徐胡二人，俱唯唯聽命。當下檢選壯士千名，令徐達胡大海等率著，自與吳楨縱轡前行，即日至濠。

孫德崖已得使人還報，急命吳通等布置妥當，然後離城十里，來迎元璋。遙見元璋當先而來，後面護衛的兵馬，也不過千人，暗中大喜道：「那廝中吾計了。」慢著！遂下馬相見，挽手入城。寒暄已畢，即令開宴，並將元璋所帶將士，一齊調開帳外，盡令暢飲。只吳楨一人，緊緊的隨著元璋，寸步不離。彷彿《黃鶴樓》中之趙子龍。當下分席坐定，酒過數巡，德崖語元璋道：「日前進謁，蒙足下惠愛，脫我陷阱，甚是感激，今郭帥已亡，兵權無統，以輩次論，應屬不才掌管，乃前得來檄，知足下已為統帥，難道不分長幼麼？」元璋道：「這是郭帥舊部，共同推戴，我不過權時統轄，他日再當另議。」德崖道：「今日便可讓我，何待他日。」元璋起座道：「這卻不能。」德崖便大呼道：「眾將何在？」一聲喝令，萬眾齊入，霎時間刀械並舉，都上前來殺元璋。正是：

蕭牆隱有干戈伏，豪傑都從險難來。

未知元璋性命如何，且看下回分解。

智取和陽，俱本正史，一經敘述，便寫得奇寡突兀，曲折迴環，此由用筆之妙，故神變乃爾。至若孫德崖邀宴事，未見正史，而稗乘相傳，以及鄉曲婦孺，俱知有興隆會一事，或者史官失載，亦未可知。且德崖與子興並起，子興生卒，及其子天敘之存亡，史筆俱詳，而德崖不見下落，其有闕文也無疑。作者援引稗官，補入此事，有文徵文，無文徵獻，寧得以虛誣目之？

第五回　郭家女入侍濠城　常將軍力拔採石

卻說孫德崖喝令左右，來殺元璋，元璋身旁只一吳楨，雙手不敵四拳，任你力大無窮，怎能敵得住眾人？他卻情急智生，仗著劍來奔德崖，德崖不是吳楨敵手，猛被抓住，充作護盾，抵擋眾兵，驚得德崖魂飛天外，魄散九霄，忙道：「不、不要如此！」吳通等恐傷及德崖，縮手不迭，但聞吳楨厲聲道：「你從前到了和陽，我主帥如何待你，今乃借名宴會，誘我主帥到此，伏兵求逞，試想我主帥踐信而來，大眾聞知，你乃設計陷害，無論有我保護，不令主帥遭你毒手，就使不然，你的狡詐手段，難道可得人信服麼？」這數語理直氣壯，說得大眾都是咋舌。比樊噲尤為智勇。德崖喘急道：「依將軍言，應該如何？」吳楨道：「要你送我主帥出城，萬事全體。」德崖不待說畢，滿口答應。吳楨仍扭著德崖，不肯放鬆，出了廳，招呼徐達胡大海等，保著元璋先行，自與德崖後隨。吳通等不敢動手，只好任他出去。既出城，吳楨把德崖一推，道聲去罷。德崖方眼花撩亂，站立不住，誰料胡大海持斧奔還，手起斧落，把德崖劈作兩段。該殺！該殺！吳通等見德崖被害，憤怒得了不得，便號令眾兵，傾城出戰。吳楨見大海闖禍，忙令徐達衛著元璋，急行而去，自與大海領著壯士，截住廝殺，兩下死鬥，賭個你死我活，約半時，勝負未分。吳楨恐寡不敵眾，傳令且戰且行，未及里許，見元璋帶著大隊人馬，回來援應，頓時歡喜萬分，精神陡長，又返身來奪濠城。吳通知不可敵，飛馬奔還，不防吳楨緊緊隨著，吳通入城，吳楨也躍馬疾上，擲劍過去，適中吳通腦後，倒撞馬下。此時城不及閉，由元璋驅軍擁入，如削瓜切菜一般，殺死了許多濠將，濠兵走投無路，元璋乃下令降者免死，於是大眾投械，匍匐乞降。

看官閱至此處，恐未免動起疑來，濠州與和陽相隔，雖是不遠，究竟非一時三刻，可能往還，元璋才得脫身，如何即能率兵來援呢？我亦要問。原來李善長恐元璋有失，覆命郭興、郭英等，帶著萬人，前來接應，將到濠城，適與元璋相值，遂由元璋親自統轄，返身來救吳楨等人，得獲大勝。當下撫兵息民，全城立定。元璋觸起鄉情，覆命椎牛釃酒，號召故鄉父老，入城宴飲。這真所謂興隆會。席間來了郭山甫，就是郭興、郭英的父親，元璋特別優待，並命興英兄弟，侍父勸餐。山甫善相人術，嘗相元璋狀貌，稱為大貴，復語興英道：「我觀汝儕，亦可封侯。」以此元璋在濠募兵（應第二回），山甫即令二子相從，至此飲畢入謝，並願令愛女入侍，想該女狀相亦應封妃。元璋欣然允諾。次日，即令興英兄弟，去迎妹子，約閱半日，即挈妹進見。元璋瞧著，淡妝淺抹，沖雅宜人，是一個閒靜妃子。心中很是喜慰，婉問芳齡，答稱二九，便命為簉室，即夕設宴稱觴，合歡並枕。脂香滿滿，人面田田，從教夙夜在公，允合衾裯長抱。後來元璋登基，封為寧妃，姑且擱下慢題。

且說元璋住濠數日，留兵戍守，自率郭興兄妹，及徐達、吳楨等一班人眾，徑回和陽。入城後，接到亳州來檄，上書大宋龍鳳元年，不禁奇異起來，瞧將下去，乃是封郭天敘為都元帥，張天祐為右副元帥，自己的名下，有左副元帥字樣。便召天祐問道：「這檄何來？」天祐道：「劉福通現據亳州，迎立韓林兒為主，自稱小明王，國號宋，建元龍鳳，傳檄至此，想是令我歸附的意思。」元璋道：「大丈夫豈甘為人下麼？」志大言大。天祐道：「韓林兒自稱宋裔，又有劉福通為輔，占踞中原，勢力方張，元帥亦不可輕視。」元璋笑道：「君願往歸，不妨做他的右副元帥，我恰不受。」快人快語。天祐道：「元帥不願受職，確是高見，難道不材便貪職不成？但劉福通既然勢大，不妨權時聯繫，免他與我作對，這也是將計就計的法子。」未免畏葸。元璋沉吟半晌，方道：「這也有理。」遂遣謝來使，一面號令軍中，稱是年為龍鳳元年。此舉未免失當。是年為元至正十五年。

轉瞬旬餘，忽由胡大海引入一人，年方弱冠，威武逼人。元璋問他姓名？當由胡大海代述：「姓鄧名友德，與大海同籍虹縣，現自盱眙來歸。」元璋又問道：「他從前充過何役？」大海道：「他父名順興，曾起義臨濠，與元兵戰死，兄友隆，又病沒，經他代任軍事，每戰得勝。今聞元帥威名，願由末將介紹，來投麾下。」元璋道：「據你說來，他的勇略，過於乃父乃兄，我當替他改名，易一愈字，可好嗎？」（事見鄧愈列傳。）那人即拜謝賜名。元璋甚喜，立命為管軍總管。復簡閱軍士，日夕操練，擬乘此擊楫渡江，規劃金陵。會有懷遠人常遇春，稟性剛毅，膂力過人（出常遇春），年二十三，為盜魁劉聚所得。遇春見他四出抄掠，毫無遠圖，便棄了劉聚，來投元璋。行至半途，忽覺疲倦起來，遂假寐田間，恍惚間遇一金甲神，擁盾呼道：「起起！你的主君來了。」當下驚悟，才覺是南柯一夢。忙把雙目一擦，四面探望，正值元璋帶著數騎，巡弋而來。他即迎謁馬前，自報姓氏，並陳述過去的事實，願投效戎行。元璋微笑道：「想你為飢餓乏食，所以到此，況你本有故主，我如何奪他？」遇春頓首泣道：「劉聚只是一盜，不足有為，聞公智勇深沉，禮賢下士，是以不嫌道遠，特來拜投，得承知遇，雖死猶生。」下文死事，隱伏於此。元璋道：「你願從我渡江麼？」遇春道：「公如有命，願作先鋒！」元璋道：「先鋒麼？且俟取太平後，授你此職。」遇春拜謝，遂與元璋同歸。

元璋以渡江不可無舟，正在憂慮，忽報巢湖帥廖永安兄弟，及俞廷玉父子，遣人納款，願率千艘來附。元璋大喜道：「這是天賜成功，機不可失。」便諭來使先歸，一面召集眾將，親往收軍。原來巢湖帥廖、俞諸人，嘗結連水砦，防禦水寇，廬州盜魁左君弼招降，廖、俞不從，君弼遂遣眾扼住湖口，不令出入，乃從間道貽書，輸款元璋，無非是乞援的意思。至元璋已到巢湖，廖永安與弟永忠，俞廷玉率子通海、通淵、通源，及餘將桑世傑、張德勝、華高、趙庸、趙馘等，均上前迎接，由元璋慰勞一番，即令調集各船，揚帆出湖，直至銅城閘，已越湖口，寰宇澄清，一碧如洗，並沒有敵舟攔阻。永安方入賀元璋道：「明公到此，先聲奪人，寇眾不戰自潰，從此可安心渡江了。」言未已，忽報前面有大艦駛至，元璋即與永安出艙遙望，但見樓船數艘，逐浪而來，上載兵士無數，並懸著一幅大旗，寫著「元中丞」等字樣，奇筆不測。永安驚訝道：「莫非是元將蠻子海牙麼？他現為中丞，屯兵百里外，如何聞報至此，與我作梗？」元璋道：「不是左君弼勾結，定是貴部下與君未協，洩漏軍機，現不如暫避敵鋒，改覓間道出去，方為得計。」永安道：「此間只有兩路可出，除此地外，只有馬腸河了。」元璋即命回走馬腸河，迅駛而去，元兵恰也不來追趕。轉入馬腸河中，凝神遠眺，也隱隱有重兵駐紮。元璋大疑，亟令永安檢查各舟，有無缺乏？尋查得眾人俱在，只少一小舟，掌舟的叫做趙普勝。元璋便語永安道：「照此看來，馬腸河口，亦有元兵阻住，我等不便越險，且擇要屯泊，再作計較。」永安乃令各舟退屯黃墩。元璋復與永安約，擬從陸路歸和陽，取舟同攻。實則元璋無舟，恐永安亦有異圖，意欲藉著兵力，鎮服永安等人，所以匆匆登岸，取道竟歸。窺透元璋心事。

既返和陽，急募集商船，載著精兵猛士，復至黃墩督眾往攻元兵。時值仲夏，氣候靡常，江上忽颳起一陣怪風，黑雲隨卷，如走馬一般，霎時間大雨滂沱，河水陡漲。元璋乘機奮勇，令各舟魚貫而前，一齊從小港中，殺出峪溪口，奔向大船而來。蠻子海牙忙躍上船頭，迎風抵敵，不意巢湖各艦，輕捷便利，忽東忽西，忽左忽右，忽環攻，忽颺去，恁你蠻子海牙如何威猛，怎奈船高身重，進退不靈，顧了這邊，不及那邊，顧了那邊，不及這邊；相持數時，料知殺他不過，一聲呼嘯，竟回船自去。倒是三十六計中的上計。元璋督兵追趕，奪了許多器械。至元兵去遠，方從潯陽橋通舟，直入江中。天雨已霽，兩岸波平，紅日當空，青山欲滴。絕妙一幅大江圖。元璋正臨流四眺，忽見永安入艙，稟問所向。元璋道：「此去有採石鎮，素稱險要，兵備必固；唯牛渚磯前臨大江，不易扼守，我且攻下牛渚，再圖採石未遲。」於是乘風舉帆，舳艫齊發，不多時，前軍已達牛渚磯，磯上不過數百元兵，被常遇春等一陣擊射，逃得一個不留。元璋復傳令各軍，趁著銳利，轉攻採石磯。這採石磯陡絕江濱，高出江面約丈許，元兵屯積如嵦，守磯統領，便是蠻子海牙。他在峪溪拒戰不利，預料元璋必乘勝渡江，因此踞磯坐守，專待元璋到來。元璋督領舟師，正要近岸，猛聽得一聲鼓號，磯上的矢石，如驟雨一般，飛灑過來。元璋料難輕敵，命將戰船一字兒排住，下令軍中道：「有先登此磯者受上賞，當為正先鋒！」郭英應聲而出，領著一班長槍手，冒險前進，將及上磯，不意前面的士卒，多中箭倒斃，郭英也幾乎被射，幸虧退避得快，矢力未及，才得脫險。胡大海見郭英敗退，氣沖牛斗，奮勇繼上，那磯上的炮箭，注射愈密，竟似無縫可鑽，隨你力大無窮，一些兒不中用，也只好漸漸退回。連寫郭英、胡大海之敗退，以襯常遇春之勇。

元璋到此，亦無法可施。突見常遇春率著藤牌軍，飛舸疾至，忙高呼道：「常將軍欲奪頭功，正在此日。」說時遲，那時快，遇春已左手執盾，右手挺戈，鼓勇而前，看看距磯不遠，竟不管什麼死活，奮身一躍，直上磯頭。元將老星卜喇先，急用長矛刺來，遇春將戈盾挾住矛桿，大喝一聲，把老星卜喇先推僕，順手刺死。郭英、胡大海等，復一擁登磯，刀劈槍刺，把元兵殺死無數。蠻子海牙已立足不住，只好收拾殘兵，一鬨兒走了。採石已拔，元璋大喜，遂授常遇春為先鋒。賞足副功。自是沿江諸壘，多望風迎降。

元璋聞將士聚議，多欲收取糧械，為班師計，因語徐達道：「此次渡江，幸而克捷，若引兵歸去，元兵復至，功敗垂成，江東終非我有了。」徐達奮然道：「何不進取太平？」正要你說此語。元璋稱善，當即下令，將各船斬斷纜索，放急流中，順水東下，一面諭諸將道：「太平離此甚近，願與諸將偕行，取了再說。」諸將見無可歸，只得隨著元璋，直薄太平城下，架梯懸索，四面齊登。元平章完者不花，萬戶萬鈞，達魯花赤（亦元官名），普魯罕忽里等抵敵不住，棄城遁去，唯太平路總管靳義，赴水自盡。元璋入城安民，嚴申軍律，一卒違令，立斬以徇，全城肅然。一面具棺葬靳義屍，碣書義士，一面延訪耆碩，優禮相待。

耆儒陶安、李習等率父老入見，元璋與陶安語時事，安乃進言道：「方今四方鼎沸，豪傑並爭，攻城屠邑，互相雄長，窺他志趣，唯在子女玉帛，毫無撥亂安民的思想。明公率眾渡江，神武不殺，以此順天應人，何患不成大業？」元璋道：「我欲取金陵，何如？」安復答道：「金陵帝王都，形勝稱最，乘此占領，作為根踞，然後分兵四出，所向必克。古語有云：『天與不取，反受其咎。』明公何不速圖？」與馮國用之言暗合。元璋甚喜，遂改太平路為太平府，置太平興國翼元帥府，自領元帥事。授李習為知府，用李善長為帥府都事，汪廣洋為帥府令吏，陶安參贊幕府，仍沿用宋龍鳳年號，旗幟戰衣，皆尚紅色。小子有詩詠道：

炎漢由來火德王，赭袍赤幟亦何妨。
只因年號稱龍鳳，猶愧男兒當自強。

太平已定，哨馬來報，元將蠻子海牙，又遣兵來了。那時又有一場廝殺，且至下回說明。

自朱元璋投營起義，所有舉動，未免以智術服人，然猶不失為王者氣象。唯用韓林兒年號，為一生之大誤。林兒姓韓不姓趙，何得詭稱宋裔，且宋亡久矣，豪傑應運而興，當邁跡自身，何用憑藉？厥後有瓜步之沉，近於弒主，始基不慎，貽玷終身，可勝嘅歎！至若常遇春之力拔採石磯，為渡江時第一大功，元璋即授任先鋒，既足報功，尤得踐信，於此可見其能用人，於此可見其能立業。且入太平後，嚴軍紀，卹義士，延耆儒，種種作用，無非王道。而龍鳳年號，仍然沿襲，意者由徐李諸人，為霸佐而非王佐乎？瑕瑜並錄，褒貶寓之。體會入微，是在閱者。

第六回　取集慶朱公開府　陷常州徐帥立功

卻說元璋得了太平，城中原是安靜，唯城外一帶，尚統屬元兵勢力。元中丞蠻子海牙，調集巨艦，截住採石姑孰口，並檄令義兵元帥陳埜先，及裨將康茂才，率水陸兵二萬人，進逼太平。元璋乘他初至，立率諸將出戰，一面命徐達、鄧愈，別出奇兵，繞道至敵後，潛伏襄城橋。埜先到了城下，磨拳擦掌，專待廝殺。未幾城門大開，守兵一齊殺出，後面有許多健卒，擁著一位大元帥，龍姿鳳表，器宇不凡，正暗暗驚異間，忽見空中起了一道霞光，結成黃雲，護住元璋麾蓋，益覺驚疑不已。各兵亦相率觀望，不意元璋已麾兵殺來，橫厲無前，人人披靡。埜先料不可敵，率眾退走。奔至襄城橋，炮聲驟發，徐達、鄧愈兩路兵馬，左右殺出，急得埜先無路可奔，沒奈何挺著長槍，來戰鄧愈。約數合，被鄧愈用矛格槍，舒開猿臂，把埜先活擒過去（寫鄧愈）。餘軍見主帥被擒，紛紛潰散。有一半逃得慢的，都做了刀頭之鬼。康茂才潛遁。徐達、鄧愈得勝回城，即將埜先推入帳前，元璋命左右將他釋縛，好言撫慰。埜先道：「要殺便殺，生我何為？」元璋道：「天下大亂，豪傑蜂起，勝得人附，敗即附人，你既自稱豪傑，正當通時達變，何苦輕生？」埜先遲疑半晌，方稱願降。遲疑二字，已伏下文。元璋復令招降舊部，埜先即發書去訖。

至埜先出帳，馮國用進諫道：「此人獐頭鼠目，不可輕信。」（寫馮國用。）元璋默然。越宿，埜先入帳，報稱部曲多來投降。元璋令他召入，一一記名，仍命歸埜先統轄。埜先稱謝而出。元璋又飭徐達等，分道略地，溧水、溧陽、句容、蕪湖等處，接連攻下，擬進取集慶路。埜先忽入稟道：「某蒙主帥不殺之恩，願率舊部自效，往取集慶。」元璋許諾。馮國用又暗中諫阻，元璋道：「人各有志，從元從我，聽他自便罷了。」元璋此言，令人不解。埜先既去，閱數日，遣人齎書報聞，由元璋啟閱，略云：

集床城右環大江，左枕崇崗，三面據水，以山為郭，以江為池，地勢險阻，不利步戰。昔王渾、王浚造戰船，謀之累年，而蘇峻、王敦，皆非陸戰以取勝，隋取江東，賀若弼自揚州，韓擒虎自廬州，楊素自安陸，三道戰艦，同時並進。今環城三面阻水，元師與苗軍聯繫其中，建寨三十餘里，攻城則慮其斷後，莫若南據溧陽，東搗鎮江，據險阻，絕糧道，示以持久，集慶可不戰而下也。

元璋覽至此，囅然一笑，含有深意。即以書示李善長。善長道：「埜先狡詐，欲令我老師曠日麼？」一語道破，然不若元璋之尤為深沉。元璋道：「不煩多言，只勞你與我作覆。」善長應命，即提筆寫道：

歷代之克江南者，皆以長江天塹，限隔南北，故須會集舟師，方克成功。今吾渡江據其上游，彼之咽喉，我已扼之，舍舟而進，足以克捷，自與晉隋形同勢異，足下奈何舍全勝之策，而為此迂迴之計耶？此復。

寫畢，呈上察閱，元璋鼓掌稱善，遂發還來使，並命張天祐至滁陽，邀同郭天敘部兵，助攻集慶。此舉又有深意。郭天敘接著天祐，懷疑未決，天祐道：「得了集慶，便可南面稱帝，北圖中原，足下何憚。乃不敢進。」天敘大喜，立刻發兵，也不及會同元璋，竟與天祐率軍東下。甫抵秦淮河，元南台御史大夫福壽，督師阻住，兩下對壘，福壽執著大刀，左旋右舞，勢甚凶猛，不特天敘當他不住，就是天祐上前，戰了數合，也殺得渾身是汗，撥馬逃回。正在退走，忽前面遇著一支人馬，為首一員統領，挺槍而來，視之乃是陳埜先。天祐喜甚，只道他前來救應，忙上前招呼，誰知兩馬甫交，竟被埜先一槍，刺中咽喉，倒斃馬下。天敘見天祐被殺，急欲從旁逃遁，巧值福壽趕到，手起刀落，揮作兩段。想做皇帝的趣味。埜先遂與福壽合兵，任意掃蕩，有幾個命不該死，逃向元璋處通報去了。閱至此，始知元璋之計。

埜先追趕敗兵，道過葛仙鄉，肆行劫掠。鄉中有民兵數百人，頭目叫做盧德茂，頗有俠氣，至是聞報，密遣壯士五十人，各著青衣，持牛酒出迎。埜先不知是計，遂與十餘騎先行。約里許，青衣兵自後突起，攢槊競刺，把埜先等十餘人，殺得片甲不回。襲人者亦被人襲，可見狡詐無益。及埜先從子兆先，得知凶信，來鄉報復，盧德茂已潛自引去，鄉民亦大半遠颺，只剩了空屋數百間，無可殺掠，方挈著部曲，還屯方山。元璋聞知各種消息，一面收集天敘敗卒，一面擬進攻方山，為天敘復仇。借名興師，計中有計。

忽又接得軍報，蠻子海牙，復帶領舟師數萬，襲踞採石磯，將進窺太平了。元璋大憤，便欲親去一戰。常遇春挺身道：「不勞元帥親征，只教末將前行，便可殺退那廝。」元璋道：「將軍此去，須要小心，若有挫失，太平即尚可保，和州必遭陷沒。大眾家眷，都從此休了。」遇春領命，率著廖永忠、耿炳文等，駕舟而去。將至採石磯，海牙已聯檣來迎，遇春先授諸將密計，令各舟散布江心，四面攻擊，自率健卒駕一舸，奮勇衝突。海牙恰也不懼，仗著艦大兵多，麾旗酣鬥，是時已為至正十六年仲春，江上輕颸，蕩漾不定（百忙中敘入此文，看似閒筆，實是要語），初戰時，海牙尚據著順風，頗便擊射，不意相持半日，風竟隨帆而轉，遇春一方面的將士，竟順風縱起火來，風助火烈，火仗風威，一霎時把海牙船纜，盡行燒斷，分作數截，那船上亦被燒著，連撲救都是不及，還有何心戀戰？遇春左右指揮，各舟四集，都乘勢躍上敵船，亂砍亂剁，可憐一班元兵，不是赴水，便是飲刀。海牙忙改乘小舟，抱頭竄去，所有兵艦，盡被遇春等奪住，奏凱而回。採石磯兩次得勝。

自是江上無一元兵，高掌遠蹠的朱元帥，無西顧憂，遂親督諸將，進取集慶路，真個是水陸並行，兵威浩蕩。陳兆先不知死活，還率眾來爭。一場角逐，生擒了陳兆先，收降了三萬六千人，兆先亦情願投誠。釋兆先而不殺，可知為天敘復仇之說，儘是虛言。諸將恐降眾過多，防有他變，元璋嘆道：「去逆效順，還有何求？」當下挑選降眾，得勇士五百人，令備宿衛，環榻而寢。帳中除元璋自己外，只留馮國用一人。想他當亦諫阻，故特留侍以試之。元璋獨解甲登床，酣眠達旦，一夕無事，眾心乃安。全是權術。

越數日，元璋復令馮國用，帶著五百降卒，作為衝鋒，五百人感激思奮，馳至蔣山，先登陷陣，擊退元兵，長驅至金陵城下。元將福壽，築柵為壘，屯兵固守，馮國用率隊攻柵，前仆後繼，徐達、常遇春等，次第踵至，你推我扳，竟將各柵毀去。元兵四潰，元將福壽，督兵出戰，眾寡不敵，又被殺退。徐、常等猛力圍攻，一連數日，伺隙齊登，福壽尚巷戰竟夕，至筋盡力疲，方大呼道：「城存與存，城亡與亡。」言訖，舉劍向頸上一橫，鮮血直噴，頓時斃命。旌揚忠臣。金陵已破，諸將奉元璋入城，揭榜安民，一面召集官吏父老，溫言慰諭道：「元朝失政，生民塗炭，我率眾至此，無非為百姓除害，汝等各守舊業，勿生疑懼！賢人君子，能相從立功，我當重用。舊政不善，汝等可一一直陳，我當立除。官吏毋得貪暴，虐我良民！」大眾聞言，拜謝而出，互相慶慰。各處義兵，次第來降，康茂才等亦聞風欽服，共得士卒五十萬人，乃改集慶路為應天府，置天興建康翼元帥府，以廖永安為統軍元帥，禮聘儒士夏煜、孫炎、楊憲等十餘人，一律錄用。復以福壽為元殉節，斂屍禮葬，闔城大定。乃命徐達為大將，率諸將浮江東下，攻克鎮江，又分兵下金壇、丹陽等縣，以湯和為統軍元帥，駐守鎮江，再命鄧愈、邵成、華高、華雲龍等，率兵攻克廣德路，改名為廣興府，即以鄧愈為統軍元帥，駐守廣興，諸將以元璋威名日著，勸進爵為王，元璋不允，只自稱吳國公，置江南等處行中書省，親督省事，授李善長、宋思賢為參議，陶安、李夢庚等為左右司郎中員外郎都事等官，復置江南行樞密院，以徐達、湯和同僉樞密院事，置帳前親軍，以馮國用為總制都指揮使，設前後左右中五翼元帥府，及五部都先鋒，設官分職，井然有序。一面遣將至和州，迎接眷屬，護送至府，即就元御史台居住。骨肉歡聚，喜氣重重，大明二百數十年的基業，便自此創始了。點清本旨，暫作一束。

先是徐達、湯和等下鎮江，收降盜目陳保二，及徐達兵歸，湯和復入僉樞密院事，保二心變，竟誘執詹、李二守將，奔投張士誠。士誠此時，正迭陷平江、松江、湖州、常州等處，又收得蠻子海牙的遺眾，聲勢甚盛，至保二歸降，自然收留，並將詹、李二將拘住。警報達應天府，元璋以二將被拘，恐遭毒手，只得先與通好，以便索還二將。遂修書一緘，命楊憲齎送士誠。楊憲馳至平江，入見士誠，士誠遂展閱道：

> 昔隗囂據天水以稱雄，今足下據姑蘇以自王，吾深為足下喜。吾與足下，東西境也，睦鄰守圉，保境息民，古人所貴，吾甚慕焉。自今以後，通使往來，毋惑於交構之言，以生邊釁。

士誠閱至此，即把書擲下道：「元璋欲比我為隗囂麼？」恐你且不若隗囂。喝令左右將楊憲拘禁，立發水師攻鎮江。元璋即遣徐達往御，到了龍潭，把士誠兵一鼓擊退，總道士誠氣沮，不敢再來，遂收兵駐鎮江城。誰料士誠不得鎮江，卻移兵潛襲宜興，守將耿君用不及防備，城陷身亡。元璋聞報大驚，忙遣使馳諭徐達道：「士誠起自鹽梟，詭計多端，今來寇鎮江，已與我為敵；且襲據宜興，志不在小，將軍宜速出毗陵，先機進取，毋墮狡謀。」此亦一襲魏救趙之計。徐達得令，即向常州出發。

常州即古毗陵地，徐達軍至常州，築壘圍攻，士誠遣張、湯二將來援，達即退軍十八里，設伏以待，自率老弱殘兵，前去誘敵。張、湯二將，出營交戰，望見徐達部下，器械不整，七長八短，不禁大笑起來，互相告語道：「人說朱元璋用兵如神，為什麼這般羸弱，看來是不值一掃呢！」你既聞他威名，如何不加疑慮。當下麾兵出戰，直前相搏。徐達不及遮攔，且戰且行；一走一追，忽達十餘里，突然間閃出鐵騎數千，橫衝而來。當先一員大將，鐵盔鐵甲，好生威武，手提方天畫戟，直刺張、湯二將。看官道是何人？乃是徐達部下，行軍總管趙均用。張、湯二將，見均用殺至，料是遇伏，慌忙用槍招架。兩人敵住一人，還覺得有些費力，怎禁得徐達翻身殺來，與均用雙戰二將。二將見不是路，撥馬返奔，走不多遠，又聽得一聲呼哨，伏兵復起，嚇得張、湯二將，魂飛九霄，連坐騎都不由駕馭，沿路四竄。想也被嚇慌了。豁喇一響，二將都馬失前蹄，身隨馬蹶。巧值均用殺到，喝令擒縛，兩個中捉住一雙（此段從《士誠本傳》，不從《紀事本末》）。餘眾潰走，還報士誠。

士誠惶恐，乃奉書求和，遣裨將孫君壽，齎至應天，願歲輸軍糧二十萬石，黃金五百兩，白金三百斤。元璋覆書，責他開釁召兵，罪有所歸，既願乞和，應釋歸使人將校，每歲輸糧應增至五十萬石。當令孫君壽持書去訖。轉瞬旬餘，士誠並無複音。又越數日，得徐達軍報，略稱：「鎮江新附軍，被士誠所誘，謀變牛塘，達幾為所困，幸常遇春、廖永安、胡大海等來援，方得脫險。並擒住士誠部將張德」云云。元璋勃然大憤，覆命耿炳文率兵萬人，進攻長興，俞通海、張德勝等率舟師略太湖，張鑑、何文正，募淮軍攻泰興，趙繼祖、郭天祿、吳良等，合師攻江陰。先後並舉，環擊士誠。一面促徐達速下常州，不得遲誤。接連敘下，如火如荼。士誠聞常州圍急，遣呂珍赴援，別命趙打虎馳救長興，炳文馳至長興城下，守將李福安、答失蠻等，登陴守禦。兩下正相持未決，適值趙打虎到來，喘息未定，被炳文兜頭痛擊，立營不住，只好退走，奔至城西門。不意城門緊閉，屢呼不開，後面追兵又到，只得向湖州遁去。名曰打虎，實是沒用。原來趙打虎繫著名悍目，自投士誠部下，屢立奇功，此次來援宜興，城守李福安等，總料他唾手卻敵，不想一到便敗，方知耿軍難敵，有意獻城，待打虎被拒而去，遂出城投降。

炳文收了兩人，並得戰船三百餘艘，立即報捷。元璋命置永興翼元帥府，以耿炳文任元帥職，統兵居守。士誠又遣左丞潘原明，元帥嚴再興，來寇長興。距城數里，猝遇炳文偏將費聚，從旁突擊，殺獲數百人，原明等遁去。只常州尚相持未下，常遇春分兵四出，斷他餉道，城中兵士乏食，免不得惶急起來。呂珍屢出城相爭，統被徐達擊退。俄而城中食盡，只有數千餓卒，哪裡還支持得住？那時呂珍也顧不得城池，夤夜開門，衝圍自走。城中無主，當然失陷，徐達遂引兵入城。自至正十六年九月，圍攻常州，至十七年三月乃下，也算是一番勁敵。小子有詩贊徐達道：

輟耕隴上喜從龍，迭戰江東挫敵鋒。
不是濠梁應募去，誰知鄉曲有奇農。

常州告捷，徐達又奉元璋命令，移師寧國。欲知寧國戰事，容待下回續詳。

本回前半截以攻集慶為主，後半截以攻常州為主，集慶下則踞江而守，可進可退，常州下則封鎖有資，可東可西，此朱氏王業之所由創，抑徐達首功之所由建也。若縱埜先，遣天敘、天祐，飭諸將蹙士誠，無在非元璋之智謀，一經作者揭出，便如燃犀燭渚，無處不顯。而全神貫注，則總在集慶與常州。元璋之注意在此，作者之注目亦在此。即如後之閱者，可藉此以知當日之軍事，並可以知是書之文法。否則勢如散沙，毫無紀律，便不成妙事妙文矣。

第七回　朱亮祖戰敗遭擒　張士德縶歸絕粒

卻說徐達奉元璋命，率常遇春等往攻寧國，寧國城守甚堅，與常州不相上下，守將楊仲英、張文貴等，尚沒有什麼能耐，唯有一將勇悍異常，姓名叫做朱亮祖。點筆不弱。亮祖六安人，稱雄鄉曲，號召民兵，元廷授為義兵元帥，元璋取太平時，亮祖曾率眾投誠，嗣因性急難容，與諸將未協，復叛歸元軍。至是聞徐、常等進圍寧國，遂聯繫守將，悉心協御。徐達將到城下，立營未定，亮祖即出搦戰，一枝長槍，直前挑撥，飄飄如梨花飛舞，閃閃如電影吐光，任你徐元帥麾下，個個似虎似羆，也一時敵他不住，逐漸倒退。極寫亮祖。當下惱了常遇春，抖擻精神，上前迎敵。彼此交鋒，大戰五十餘合，不分勝負。亮祖虛晃一槍，佯敗退走，遇春拍馬趕去，不防亮祖挺槍回刺，竟戳中遇春左腿，遇春忍痛返奔，亮祖又回馬追來，虧得趙德勝、郭英二將，並出敵住，兩下裡鼓聲震天，重行鏖戰。城中又來了張文貴，接應亮祖，亮祖槍法愈緊，連趙德勝、郭英等，也覺心慌，同時退下。徐達恐諸將有失，忙鳴金收軍，被亮祖追殺一陣，喪亡了千餘人。次日又與亮祖接戰，仍一些兒不占便宜。接連數日，未得勝仗，反又失了許多人馬。徐達情急得很，不得已據實稟報。

元璋聞亮祖如此驍勇，即親率大軍，兼程而至。徐達接著，申述交戰情形，元璋道：「擒他不難，明日臨陣便了。」翌晨升帳，召吳楨、周德興、華雲龍、耿炳文四將至前，授他密計，令隨駕出征，一面命唐勝宗、陸仲亨等，率步兵數千，亦授以密計，令他先去。吳良、吳楨等，只待元璋出營，便好廝殺，偏偏元璋並不動身，朱亮祖反率眾挑戰，元璋又延了數刻，方從容上馬，率軍而出。兩陣對圓，吳楨躍馬而前，與亮祖交戰數十合，返騎而走。亮祖來追，周德興又提刀接戰，大約亦數十合，又縱馬回陣。華雲龍復出去接著，又是依樣葫蘆。待至耿炳文出戰後，殺得亮祖性起，竟挺槍馳入元璋陣內，來殺元璋。中他計了。元璋麾眾倒退，誘他追了數里，復轉身殺摶，命四將併力圍攻。前輪戰，後合圍，不怕亮祖不入彀中。亮祖身敵四將，尚不覺怯，左擋右架，又戰了一時許，漸覺氣力不加，方伺隙殺出圈子，馳回原路。吳楨等緊緊隨著，一些兒不肯放鬆，亮祖且戰且走，將要返城，忽突出唐、陸諸將，攔住馬首，他亦不與爭鋒，只執著短刀，亂砍馬足。亮祖猝不及防，被他剁著馬蹄，馬力已乏，禁不起痛楚，頓蹶倒地上。那時亮祖還一躍而下，不隨馬蹶，可奈吳楨、耿炳文兩將，已追至背後，雙槍並舉，來刺亮祖。亮祖急忙轉身，奮鬥兩將，陸仲亨乘他酣戰，竟取出絆馬索，潛套亮祖的雙足。亮祖不及顧著，右足一竄，誤入套中，仲亨盡力一扯，亮祖站立不穩，方似玉山頹倒，吳、耿二人，急下馬揿住，才得將他捆縛，飭軍扛抬而去。縛亮祖用著全力，文筆亦不放鬆。守將楊仲英、張文貴亟來相救，已是不及，反被掩擊一陣，殺得七零八落，踉蹌逃回。時已天暮，元璋收兵還營，令將亮祖推入。元璋笑語道：「你降而復叛，今將如何？」躊躇滿志之言。亮祖朗聲道：「公若生我，當為公盡力，否則就死，何必多言！」元璋道：「好壯士！」便下座親為解縛，亮祖乃叩謝。

越宿，元璋飭造飛車，編竹為重蔽，一夕即就，數道並進。守將楊仲英度不能支，開城迎降。張文貴守志不屈，先殺妻孥，然後自刎。元璋既入寧國，擬往攻宣城，亮祖願率兵自行，經元璋特許，去後才數日，捷報已到。宣城由亮祖攻下了（此從《紀事本末》及《通鑑輯覽》，與《朱亮祖傳》小異）。元璋乃留徐達、常遇春等駐寧國，靜俟後命，自率軍返金陵。未幾接得趙繼祖、俞通海軍報，太湖大捷，降士誠將王貴，擊走呂珍，元璋欣慰。嗣聞通海接戰時，矢中右目，仍奮勇擊退敵軍，當下讚不絕口，並遣使慰問去訖。無非激勵他將。接連復得張鑑、何文正捷音，說是泰興已克，擒住援將楊文德，元璋道：「兩路得勝，士誠應喪膽了。但未知趙繼祖、吳良等，進兵江陰，勝負如何？」吳楨聞言入稟道：「兄長在外，尚無確實消息，願主公增兵協助為是！」好兄弟。元璋道：「將軍骨肉情深，何妨竟往！我撥兵五千人，令你帶去便了。」吳楨拜謝，次日即領兵出發。未到江陰，已有捷報齎入金陵，略稱先據秦望山，後入城西門，全城平定。元璋嘉吳良功，擢為分院判官，令督兵防守江陰，並傳諭吳楨，不必班師，令他與兄協守，嚴備士誠。原來江陰地扼大江，實為東南要衝，又與平江接壤，相距僅百餘里，因此令他協防。吳良、吳楨奉命後，戮力裝置，軍容甚盛，士誠屢遣將往攻，都被擊走，江陰方安。歸結前回三路人馬，筆不滲漏。

元璋又命鄧愈、胡大海進攻徽州，檄徐達、常遇春等進兵常熟，又是兩路兵馬。小子只有一枝筆，不能並敘，只好先敘徽州事。鄧、胡兩將，率兵至績溪，守將不戰而降。轉入休寧，一鼓登城，遂長驅抵徽州。元守將八爾思不花，及萬戶吳納等，開門拒敵，怎禁得鄧、胡二將的銳氣，戰不多時，便即敗回。鄧愈便督兵猛攻，八爾思不花等乘夜潛遁，愈入城，忙遣胡大海分兵窮追，至白鶴嶺，擊死吳納，餘將遁去。元璋聞捷，改徽州路為興安府，命鄧愈鎮守，飭胡大海攻婺源。

既而元苗帥楊完者，自杭州率眾數萬，來攻徽州。徽州甫經攻克，守備未完，又分軍與胡大海，只剩數千人在城，如何敵得住數萬苗兵？鄧愈飛檄胡大海，回軍援城，一面鼓勵將士，潛伏門右，令將城門大開，靜待苗兵。苗兵掩至，忽見此狀，相率驚愕，不敢遽入。彷彿是空城計。正在躊躇，突聞西北角上，有一彪人馬殺至，當先的不是別人，就是胡大海。苗將呂才，忙提刀接戰，不及三合，被大海大喝一聲，劈死馬下。鄧愈見大海馳還，亦率兵出應，殺得苗兵七顛八倒，四分五裂，苗帥楊完者撥馬先逃，偏將吳辛、董旺、呂升等，走得稍慢，都被鄧愈軍擒住，入城斬訖。嗣恐完者復至，留住胡大海，別命裨將王弼、孫虎攻婺源，亦應手而下。於是馳報金陵，再行請令。

這邊方得勝仗，那邊又獲渠魁。接入徐達一路。徐達、常遇春等，出師常熟，行至半途，由探馬來報：「張士德率兵來援了。」徐達道：「士德麼？他小字叫做九六，系士誠親弟。士誠作亂，統是他一人主謀，浙西一帶，亦是他略定，聞他素得士心，智勇兼備，此次到來，定有一番惡鬥，恐怕是不易輕敵呢！」（士德出身，藉此敘過。）言未已，忽有一將上前道：「偌大一個鹽販，怕他什麼？末將願充頭陣，若叨元帥洪福，定能把他擒住。」達視之，乃是領軍先鋒趙德勝，便道：「將軍願去，不患不勝，但總須慎重小心，千萬不要輕戰，我便當前來接應哩。」是謂臨時而懼。德勝領命，帶著萬人，踴躍前去。將到常熟，恰遇士德軍到，兩軍不及答話，就兵對兵，將對將，鏖鬥起來。德勝善用槊，士德善使刀，刀槊對舞，端的是棋逢敵手，將遇良材，自午至申，差不多有百餘合，士德刀法，毫不散亂，德勝暗暗喝采，意欲設計擒他，便用槊將刀一格，回馬就走。偏是士德刁狡，見德勝未敗而奔，料知有詐，竟勒馬停住，鳴金收軍。確是有些智識。德勝見士德去遠，亦據險下寨。次日復率眾迎戰，士德也毫不畏避，復提刀對仗，又戰了幾十回合。德勝正在設計，突聞有弓弦響聲，忙留神顧著，可巧一箭飛來，距德勝咽喉，不過咫尺，德勝用槊一劈，這飛來的箭桿，方的溜溜般拋向別處去了。德勝大呼道：「張九六！你想用暗箭傷人麼？大丈夫當明戰明勝，如何用這詭計？」士德聞言，撥馬回陣，兩下裡復各收軍。不是寫士德，是寫德勝。德勝返營，悶坐帳中，適由大營齎書投到，當即延入，展書閱畢，發還來使，便密令手下親兵，照書行事，親兵應令而去。德勝復吩咐軍士，一鼓造飯，二鼓披掛，三鼓往劫士德營，不得有誤。軍士紛紛議論，統說士德足智多謀，難道不慮及此？只因將令難違，不得已如命而行。反襯下文。是夕天氣晦暗，斜月無光，時交三鼓，德勝上馬先行，令軍士後隨，靜悄悄的馳去。及至士德營前，只准軍士吶喊，不准入營，自己恰從斜刺里去訖。軍士莫名其妙，唯有遵令呼噪，突見營門大開，士德躍馬提刀，率眾殺出，驚得軍士不知所措，正思退走，適值德勝轉來，麾眾旁行，士德緊緊追著，約有半里，突遇一山，見德勝引兵進去，也趕入谷口，轉了數彎，德勝兵恰不見了。是時已知中計，急命部眾退還，行未數武，不期一腳落空，連人帶馬，跌入陷坑。他卻奮身一躍，跳出坑外，誰知坑外又有一將，持著槊，向他背後一捺，復墜入坑中。奇事奇筆。兩邊的撓鉤手一齊奮勇，將他鉤起，捆綁去了。看官！你道持槊是誰？便是趙先鋒德勝。德勝見士德成擒，好生歡喜，復呼令軍士，把士德部眾殺散，馳回營中。這次計劃，都是徐達密書指授，經德勝運用入神，益覺先後迷離，令人無從揣測。原來徐達書中，只令德勝乘夜襲營，賺士德出營追趕，用陷坑計活擒士德。德勝尚恐士德乖刁，瞧破機謀，恰好親兵隊裡，有一人面貌，與德勝相似，德勝密付衣甲，令與掘塹兵同行，約以夜間三鼓，潛至士德營旁，易了裝，與自己參換，於是有真德勝，復有假德勝，假德勝馳至軍前，麾軍旁趨，真德勝卻伏在陷坑左右，專待士德。果然士德中計，迭墜陷坑，乃得成擒。士德受擒後，尚疑德勝有分身法，就是德勝部下的軍士，也待至戰畢回營，方才分曉。若非有此詳釋，我亦含惑不解。這且休提。

且說士德成擒，常熟守將，聞風逃去，德勝入城安民，一面遣人押解士德，至徐達營。達訊明屬實，復轉解至應天，元璋不去殺他，軟禁別室，待以酒食，令通書士誠，歸使修好。士德恰重賄館人，另易一函，從間遵馳送士誠，教他拜表降元，連兵攻金陵。士誠尚是未決，嗣聞士德絕粒身亡，由悲生懼，乃決計歸順元朝，致書江浙平章達什帖睦爾，請他代奏。達什為言於朝，授士誠太尉，連士誠弟士信，亦授官有差。這消息傳到應天，諸將多生疑慮，元璋道：「士誠狡悍，怎肯傾心歸元？不過現當新敗，假此嚇人，我哪裡就被他嚇呢？」料敵如見。

正說著，有探子來報，青衣軍元帥張明鑑，襲據揚州，逐元鎮南王孛羅普化，日肆屠戮，滿城居民，多被殺死了。元璋奮然道：「我有志救民，怎忍看他糜爛？部下諸將，何人敢往討罪？」繆大亨應聲道：「末將願往。」李文忠亦閃出道：「甥兒願往。」元璋見二人相爭，便語文忠道：「你年未弱冠，便期破敵，我心甚慰。依我所見，往攻揚州，著繆將軍去，你去策應池州兵便了。」文忠道：「池州有何人先往？」元璋道：「我已檄調常、廖諸將，自銅陵進取池州，你快去策應為是！」（文忠年少，未曾領兵衝鋒，故軍事或未與聞，而敘筆即藉此納入，是文中之善於銷納者。）文忠乃喜，與繆大亨各率偏師，分投去訖。才閱旬餘，大亨已攻破揚州，收降青衣軍數萬，自押降帥張明鑑、馬世熊等，前來繳令。元璋命即延入，大亨道：「張明鑑日屠居民，殘害太甚，現查得城內遺黎，只有十八家，末將雖收降明鑑，不敢擅為安置，所以親押而來，請主帥自行發落！」元璋道：「將軍有勞了。」當下命將明鑑傳入，責他無故殃民，罪無可赦，喝令梟首，唯赦他妻孥死罪。次及馬世熊，世熊道：「屠害居民，俱出張明鑑一人，某不敢為非，現有義女孫氏為證，某部下得了孫氏，某且收為義女呢。」元璋命領孫氏進來，世熊即出挈孫氏入廳，弓鞋細碎，冉冉而前，面如出水芙蓉，腰似迎風楊柳，美固美矣，然未必永年。一道神采，映入眾目，都不禁為之暗羨。既至案下，斂神屈膝，低聲稱是難女孫氏稟見。元璋亦溫顏問道：溫顏二字，已寫出元璋心思。「你是何方人氏？」孫氏道：「難女籍隸陳州，因父兄雙亡，從仲兄蕃避兵揚州，又被馬世熊部眾所掠，世熊憫氏孤苦，育為義女，因此得保餘生。」元璋不待說畢，便道：「你年齡幾何？曾字人未？」問她字人與否亦有微意。孫氏答稱十八歲，及說得尚未字人一語，頓覺紅雲上頰，弱不勝嬌。元璋道：「說也可憐，你不如在此居住罷！」孫氏嘿然不答。元璋即令起身，飭屏後僕媼，匯入後宮，一面發落馬世熊，令他食祿終身。閱一日，便納孫氏為妾，命她侍寢。孫氏含羞俯首，任所欲為。弱女及笄，已是帳中解舞，將軍尚武，何妨枕上弄兵。柔情似水，豔筆難描，至元璋即真後，封為貴妃，位眾妃上，與馬氏僅隔一肩，寵遇有加。天恩浩蕩，大約是特別憐憫的意思。語中有刺。小子有詩詠道：

不經患難不諧緣，得寵都因態度妍。
自古英雄多好色，恤孤原屬口頭禪。

元璋正在歡娛，忽池州有急報到來，當即傳入問話，欲知詳細軍情，待小子再續下回。

朱亮祖，驍將也，非極力敘寫戰謀，不足以見元璋之智。張士德，勍敵也，非極力敘寫戰事，不足以見德勝之勇。亮祖受擒，寧國自破，士德被執，常熟自下，此猶為表面文字。再進一解，則元璋之不殺亮祖，益以見操縱之神，而他將自心服矣。德勝之得獲士德，益以孤強敵之勢，而士誠亦奪魄矣。關係頗大，故演述從詳。餘事皆依次帶入，無非一文中銷納法也。

第八回　入太湖廖永安陷沒　略東浙胡大海薦賢

卻說常遇春、廖永忠二將，率水陸兵攻下池州，擒殺天完將洪元帥等，當即遣人告捷。元璋問明來人，便令傳諭常、廖二將，說是：「天完將士，多不足慮，唯他部下有陳友諒，方在猖獗，不可不防！」言畢，即命來人馳回。小子前演元史，曾將天完僭國的詳情，及陳友諒出身，一一表白，獨此書未曾敘過，不得不約略說明。天完兩字，便是第一回中，所說羅田人徐壽輝的國號。友諒乃漁家子，起自沔陽，往攻壽輝，壽輝闇弱，為部帥倪文俊所制，友諒即諂奉文俊，願受指揮。文俊謀殺壽輝，未克而去，友諒尚佯與委蛇，從至黃州，暗中恰嗾使文俊部眾，說他背主不祥，宜為壽輝除害。部眾信為真言，倉猝起變，擊死文俊。當下並有文俊部眾，自稱平章政事，不過通訊壽輝，陽為報告，壽輝制不住文俊，哪裡製得住友諒？數語了了。自是友諒順江東下，破安慶，陷龍興、瑞州，分兵取邵武、吉安，自入撫州。尋又取建昌、贛汀、信衢等地，直搗池州。池州被陷，遂與太平為鄰。元璋乃遣常、廖諸將，攻取池州，並因池州已下，傳諭嚴防友諒。友諒果遣戰艦百餘艘，猛將十數員，來爭池州，幸常遇春等先已籌備，一俟友諒兵到，四面衝擊，殺退各船。

元璋聞池州退敵，調李文忠南下，會同鄧愈、胡大海等，徇建德路。文忠奉令南趨，略定青陽、石埭、旌德諸縣，至徽州昱嶺關，會同鄧愈、胡大海軍，出遂安，抵建德。沿途屢破敵眾，進逼城下，一鼓齊登。元守將不花等，棄城遁去。文忠得擢為帳前統制親兵指揮使，入城鎮守，改建德路為嚴州府。嗣鄧愈往徇江西，胡大海往略浙東，只李文忠扼守孤城，不防張士誠遣將來襲，水陸掩至。文忠在城外設伏，先把他陸軍殺退，復將所斬俘馘，載巨筏中，乘流而下，連他的水軍，也一鬨兒嚇走了。統是沒用的傢伙。士誠心總未死，西邊失勢，又到東邊，屢發兵進窺常州。虧得湯和馳援，連敗敵眾。未幾又轉寇常熟，復為廖永安擊走。元璋以宜興密邇常州，此時為士誠所據，常州總未免被兵，遂命大將軍徐達率領將士，往攻宜興。兵方發，忽聞友諒遣黨趙普勝，攻陷池州，守將趙忠戰死。太平守將劉友仁往援，亦敗沒。元璋驚悼不已，奈因各路兵將，統去截擊張士誠，一時無可調撥，只好令趙德勝固守太平一帶，防他深入。一面促徐達速下宜興，以便移攻池州。此時元璋亦覺受困。偏徐達等到了宜興，一攻數月，還是未下，急得元璋滿腹焦煩，出濠以來，無此憂勞。日夕籌畫，定下一計，忙寫就密書，遣使馳至徐達營中，令他察閱。達展讀道：

宜興城小而堅，未易猝拔，聞其城西通太湖，張士誠餉道所由，若斷其餉道，軍食內乏，破之必矣。

達覽書大喜，發使還報，遵令即行。遂遣總兵丁德興，分兵遏太湖口，自與平章邵榮等，併力攻城。果然糧盡兵潰，宜興隨下。廖永安趁著勝仗，竟率兵深入太湖，舟至半途，卻值士誠麾下的呂珍，鼓舟而至。冤家遇著對頭，就在湖濱大戰起來。向來太湖兩岸，水勢深淺不一，蘆葦縱橫，煙波浩渺，呂珍乖巧得很，令各舟忽出忽沒，忽進忽退，害得永安跋來赴往，使不出什麼勇勁，頓時焦躁異常，命掌篙的人，盡力趕去。哪知呂珍輕舟誘敵，實是一條詭計。永安的坐船，先時很是活潑，撐了里許，忽被淺灘擱住，休想再動分毫，正在著急，驀見蘆葦中蕩出幾隻小舟，舟子統是漁人打扮，永安不辨誰何，命將小舟撐近大船，一舟甫至，永安即一躍而下，尚未立穩，那舟子竟拔出短刀，把永安砍傷右臂。永安動彈不得，竟被舟子一聲鼓譟，將永安掀翻縛住。看官不必細問，便可知這種舟子，統是呂珍手下的將士了。不解之解。永安被擒，當由呂珍押獻士誠，士誠頗愛永安才勇，勸他歸順。永安怒目視道：「我豈肯降你這梟目麼？」寫永安之忠。士誠遂把他拘住獄中。至元璋聞耗，立即遺書士誠，願歸所獲三千人，易一永安。士誠記著亡弟遺恨，拒絕去使，永安卒死於平江。尋元璋封為楚國公，迎喪郊祭，很是盡禮。暫且按下不表。

且說永安敗陷，另授楊國興統帶舟師。國興復出太湖口，收集各艦，迭破張士信兵，平宜堰口二十六寨，一面趕修宜興城，城完守固。士誠復遣水陸軍夾擊，統由國興殺退，宜興無恙。元璋方調徐達兵規復池州，達率俞通海、趙德勝等，到池州城下，那時友諒黨趙普勝，尚駐紮池州，一聞徐達兵到，即執著雙刀，出來對陣。俞通海望見普勝，大喝道：「你是我的舊部，為什麼叛歸友諒？」（回應第五回。）普勝道：「人各有志，你休來管我！」通海大憤，遂挺矛與戰。矛去刀迎，刀來矛抵，惡狠狠的戰了多時，通海幾敗。德勝見通海戰他不下，忙撥馬往助，雙戰普勝，尚只殺得一個平手。嗣經徐達麾兵殺上，方將普勝擊退。徐達回營，語通海道：「普勝那廝，驍勇絕倫，怪不得他叫做雙刀，若明日再戰，我當用計勝他。」次日，先令偵騎哨探，回報趙普勝瀕江立營，四面豎柵，倚以自固。徐達道：「有了。俞將軍可帶領舟師，襲他後面，我與趙將軍領著陸軍，攻他前面，明攻暗襲，不憂不勝。」俞通海領命前去。徐達密語趙德勝，令他率兵先出，殺至普勝營前。普勝即開營抵敵，由趙德勝奮起精神，與他酣鬥數十合，普勝越戰越勇，德勝虛晃一刀，勒馬就走。普勝乘勢趕來，約四五里，適值徐達引軍馳至，接應德勝，德勝又回馬奮鬥，兩下夾攻，普勝倒也不懼。忽聞後面隱隱有號炮聲，恐是江營有失，不敢戀戰，曉得遲了。遂舍德勝，馳回原營，將到營前，叫苦不迭。看官道是何故？乃是營柵上面，已懸著俞字旗號。原來俞通海乘普勝遠追，已襲入江營，奪了巨艦數艘，把普勝營兵逐去。普勝見了，懊悔不及，尚欲拚命奪營，怎奈徐達、趙德勝軍趕至，通海軍又復殺出，腹背受敵，勢不能支，沒奈何大吼一聲，向西遁去。

徐達、趙德勝即移軍攻城，池州守將洪鈞，不知厲害，尚麾兵出城，與德勝交鋒。戰未數合，被德勝賣個破綻，把洪鈞活擒過來。守兵見主帥被擒，都棄城逃走，池州立下。徐達一面報捷，一面檄調俞廷玉、張德勝等，聯兵進攻安慶。俞廷玉率舟師先進，不期與趙普勝相遇。普勝自池州敗走，到了安慶，料知徐達等必乘勝進攻，他便伏兵港中，專待截擊，遙見廷玉到來，便順風吹起胡哨，各舟聞聲競至，圍攻廷玉坐船。廷玉挺立船頭，督兵猛戰，約有一兩個時辰，兀自支持得住。誰知普勝覷住廷玉，猝發標箭，適中廷玉左腮，廷玉忍不住痛，暈僕艙中。將軍難免陣中亡。頓時舟中大亂，虧得通海前來接應，才將全舟救出，餘舟多被普勝奪去。廷玉竟痛極身亡。通海大慟，忙奔回徐達營中，報明敗狀。徐達也不禁嘆息，即令通海送柩還鄉，並遣人馳報應天。

是時元璋以胡大海出師浙東，屢攻婺州未下，正思督兵親往，得著此耗，倒也沉吟起來。諸將以普勝如此強悍，恐再出池州，為長江患。元璋道：「普勝勇而寡謀，友諒貪而忮功，若用計離間，一夫已足，何庸過憂？」隨遣一員牙將，潛至安慶，與普勝門客趙盟，敘起鄉誼，特別交歡。嗣復投書趙盟，恰故意誤送普勝。普勝私下展閱，語多隱約難詳，心中大疑，遂疏趙盟。趙盟不能自安，竟與牙將同至應天，來附元璋。不特普勝中計，連趙盟亦中計。元璋特別優待，給他重金，令往友諒軍中，散布謠言，無非是普勝恃功，謀叛友諒等語。友諒果然動疑，也中計了。遣使覘普勝虛實。普勝哪裡得知，見了使人，尚滿口侈述戰功，驕矜不已。使人返報友諒，友諒即帶著重兵，自至安慶，只說與普勝會師，進攻池州。普勝忙至雁漢口迎迓，才登舟，即被拿下，一語未完，已經身首異處了。可報廷玉之仇。趙盟回稟元璋，元璋大喜，厚賞趙盟。是豢之也。遂調回徐達，令與李善長留守應天，自率兵十萬，用常遇春為先鋒，由寧國出徽州，轉向婺州出發。

至蘭溪，有士人王宗顯進謁，並呈上胡大海薦書。元璋接見，問他籍貫，答稱原籍和州，寄寓嚴州。元璋道：「君寓此有年，能識婺州內容麼？」宗顯道：「某有故人吳世傑，居近婺城，可以探問。」元璋即令他去訖。不數日，宗顯馳還，報稱：「守將離心，不難攻入。」元璋喜道：「我得婺州，當令汝作知府。」宗顯拜謝。又啟行至婺州，會著胡大海。大海進謁，行過了禮，便稟道：「婺州與處州為犄角，元參政石抹宜孫，為處州守將，常發兵來援，所以屢攻未下。現因主公將到，他探知消息，又遣參謀胡深，運著獅子車數百輛，前來抵禦。目下聞已到松溪了。」元璋道：「石抹宜孫，用車師來援此城，未免失計。松溪山多路狹，車不可行，若遏以精兵，便可破他。援兵一破，此城自不勞而下了。」應該嘲笑。大海答聲稱是。元璋又道：「聞你義子德濟，很是驍勇，何不撥與健卒數千，令他去截援師？」大海應令出去，即遣子德濟，領銳卒數千，竟往松溪。至梅花門，已遇胡深運車馳到，德濟鼓譟而前，驚得胡深迎戰不及，意欲將車退後，以便廝殺。可奈梅花門依著龍門山，林箐叢雜，嶺路崎嶇，就是未遇敵時，已覺七高八低，難以行車，此時大敵當前，進退失據，沒奈何棄了車輛，引軍逃去。不出元璋所料。

德濟返營報功，元璋即督兵攻城。城中守將帖木烈思與石抹厚孫（即石抹宜孫之弟），兩不相下，無心防禦，裨將寧安慶，知不可守，夜遣都事李相縋城請降，約開東門納兵。元璋許諾，李相返城，即將東門大啟，常遇春、胡大海等一擁而入，竟把帖木烈思、石抹厚孫等擒住。全城已破，當由元璋入城，下令禁止侵暴，並改婺州路為寧越府，即用王宗顯知府事。算是踐言。開郡學，聘碩儒，延葉儀、宋濂為五經師，戴良為學正，吳沈為訓導。時喪亂日久，學校湮廢，至此始聞有弦誦聲。

未幾又有樂平儒士許瑗進謁。瑗有才智，放浪吳、越間。及入見，語元璋道：「方今元祚垂盡，四方鼎沸，竊聞有雄略乃可馭雄才，有奇識乃能知奇士，明公欲掃除僭亂，非收攬英雄，難於成功。」元璋道：「誠如君言。我今求賢若渴，方廣攬群材，共圖康濟。」許瑗道：「果如此，天下不難定了。」元璋大喜，即授為博士，留居帷幄。既而元璋欲還歸應天，乃召胡大海與語道：「寧越為浙東重地，我因你才勇，特命你居守。現聞衢州守將宋伯顏不花，多智術，處州守將石抹宜孫，善用士，紹興為士誠將呂珍所據，數郡與寧越相近，我留常遇春在此，與你協力，乘間往取三郡。但此三郡守將，俱系勁敵，千萬小心為要！」大海頓首拜受。元璋又囑咐常遇春數語，令與胡大海協同行事，乃即日起程，率軍返應天。

元璋去後，常遇春即進攻衢州，用呂公車、仙人橋、長木梯、懶龍爪等攻具，擁至城下，高與城齊。又於大西門城下潛穴道地，高下並攻。守將宋伯顏不花，煞是厲害，束葦灌油，燒呂公車，用長斧砍木梯，架千斤秤鉤懶龍爪，並築夾城防穴道，井然有序，毫不慌忙。遇春屢攻不克，乃用聲東擊西的法子，明攻北門，潛襲南門。宋伯顏不花未及防備，竟被突入南門甕城中，毀壞守具，合城驚惶。院判張斌度不能支，遣使約降，夜出小西門迎大軍入城，守兵盡潰。宋伯顏不花逃避不及，被常遇春活擒而歸。遇春還寧越，胡大海留遇春駐守，自約耿再成攻處州。想因遇春得衢，故亦不甘坐守。再成曾出兵縉雲，倚黃龍山為根據，立柵屯兵，借遏敵衝。元參政石抹宜孫，自駐處州，另遣將分守要塞，備御再成。諸將皆怠玩無鬥志。胡深時守龍泉，聞胡、耿合兵來攻，料知守地難保，竟棄軍來降。無非為德濟嚇慌。大海問他處州詳情，深言兵弱易攻，遂出師樊嶺，與再成會，夾擊桃花嶺、葛渡等寨，應手而下，進薄處州城。宜孫出戰敗績，走閩中。大海入城撫民。再成又出兵西略，建寧七邑皆降。既而宜孫復收集散卒，欲復處州，至慶元，為再成擊斃。捷書迭達應天，元璋喜甚，命耿再成駐守處州，胡大海還鎮寧越。尋復改寧越府為金華府。大海雅意攬賢，查得金處有四大儒，遂一一登諸薦牘，請元璋立刻徵用。元璋即遣使齎幣，禮聘四賢，有三人應徵而往，一個就是浦江人宋濂，一個是龍泉人章溢，一個是麗水人葉琛，還有一位青田名士，位置自高，經元璋再三徵求，方出山來輔真主。彷彿劉備之遇諸葛。正是：

得逢雷雨經綸日，才識風雲際會時。

欲知此人是誰，且至下回再詳。

此回為過渡文字。元璋得金陵後，除附近元軍外，只有張士誠一路，與他為難。元軍渙惰不足道，士誠尚以戰為守，無甚大志，元璋處之，猶易與耳。至友諒猖獗，順江而下，於是元璋左右受敵，幾不勝防。廖永安陷沒太湖，俞廷玉戰死長江，皆足為金陵奪氣。非敵將被間，浙軍獲勝，元璋其危矣乎！作者雙管齊下，東西夾敘，雖曰按時述事，而不為分段表清，忽說與士誠兵戰，忽說與友諒兵爭，蓋隱隱繪一忙亂情形，俾閱者知當日大勢，若是其亟。至青田定計，熟權緩急，而戰事次序，乃可得而分矣。故曰本回為過渡文字。

第九回　劉伯溫定計破敵　陳友諒挈眷逃生

卻說青田名士，迭徵乃至。這人為誰？系姓劉名基，字伯溫，就是翊贊朱氏，創成明室的第一位謀臣。鄭重出之。先是元至順間，基舉進士，博通經史，兼精象緯學，時人論江左人物，推基為首，以為諸葛孔明，不過爾爾。江浙大吏，屢徵不出，至石抹宜孫守處州，經略使李國鳳屢稱基才，請他重用。宜孫僅召為府判，不與兵事，基仍棄官歸青田。時黃巖人方國珍，據溫、台、慶元等路，騷擾浙邊，大吏猶專事羈縻，不加討伐，基屢請嚴剿，不見從，乃歸募同志，部勒成軍，借避寇患。及胡大海下處州，聞名往聘，基仍謝絕。大海乃請命元璋，齎幣往聘，猶不肯起。及元璋命總制孫炎，致書固請，乃慨然道：「我昔遊西湖，見西北有異雲，曾謂是天子氣，十年後當應在金陵。今朱氏創興，禮賢下士，應天順人，我不妨前往，助他一臂，得能有成，也不負我生平志願了。」於是束裝就道，徑詣應天。

元璋聞他來見，忙下階恭迎，賜以上坐，從容與論經史，及諮以時事，基應對如流，暢談要策，共得十八條。元璋喜甚，便道：「我為天下屈先生，先生幸毋棄我！如有指陳，願安受教。」可謂虛己以聽。基乃語元璋道：「明公據有金陵，甚得地勢，但東南有張士誠，西北有陳友諒，屢為公患。為明公計，必須掃除二寇，方可北定中原。」元璋蹙額道：「這兩人勢頗不弱，如何可以剿滅？」基答道：「禦敵當權緩急，用兵貴有次序，張士誠一自守虜，尚不足慮，陳友諒劫主稱兵，地據上游，無日忘金陵，應先用全力，除了此害。陳氏滅，張氏勢孤，一舉可定。然後北向中原，造成王業，明公曾亦設此想麼？」確是坐言起行之計，不比前文進謁之士，專務泛論，無裨軍謀。元璋道：「先生妙計，很是佩服，此後行軍，全仗先生指導！」基始應聲而出。元璋即命有司築禮賢館，使基入居，宋濂、章溢、葉琛三人，亦住館內。嗣命濂任江西等處儒學提舉，並遣世子受經。授章、葉為營田司僉事。唯留基入主軍務，事無大小，一律諮詢。基頗感知遇，遂一意參贊，知無不言。元璋嘗呼為先生而不名，語人時，每比基為張子房，不愧留侯。真所謂君臣相遇，如魚得水了。

元璋方簡閱軍馬，準備出師，忽聞陳友諒挾了徐壽輝，艤舟東下，進攻太平，正擬遣將往援，忽由太平逃來潰兵，稟稱太平失陷，花將軍闔門死事，連知府許瑗，院判王鼎，統已殉節了（敘太平被陷事，恰先述稟報，後及詳情，是倒戟而出之法，與上文各節不同）。元璋不禁失驚道：「有這般事麼？我的義兒文遜，怎麼樣了？」來兵答道：「想亦盡忠了。」元璋失聲大慟，經諸將從旁勸解，尚是流涕不止。原來黑將軍花雲與元璋養子朱文遜，同守太平。及友諒來攻，兩人率兵三千名，鏖戰三日，友諒不能入。會大雨水漲，友諒引巨舟薄城西南，令士卒夜登舟尾，緣梯登堞，遂入城。花雲、文遜，巷戰一夜，力屈遭擒。文遜被殺，雲忽奮臂大呼，激斷繩索，奪了守兵的短刀，左右亂砍，殺死五六人。眾兵一齊殺上，傷他右臂，復被縶住，雲大罵道：「賊奴敢傷害我，我主且至，必砍爾等為肉泥！」有聲有色，雖死不朽。眾兵聞言大怒，竟把他縛住船檣，一陣射死。雲妻郜氏，亦赴水殉節。子煒，方三歲，侍女孫氏，抱煒遠竄，被亂兵掠至九江。元璋常求花氏後裔，苦無所得，至友諒敗歿，才見一皓首龐眉的老人，帶著孫氏，負兒而來。當下接兒在手，置著膝上，撫頂嘆道：「虎頭燕頷，不愧將種，黑將軍算不虛死了。」言畢，即命賜老人衣。誰知老人倏忽不見，四處找尋，仍無下落，弄得元璋也驚疑起來（依史而陳，並非虛），隨即問明孫氏，孫氏泣拜道：「奴自逃出太平，為亂軍所擄，軍中恨兒夜啼，由奴拔質簪珥，寄養漁家。嗣奴復潛竊兒出，脫身東走，登舟渡江，江中復遇亂軍，將奴與兒推入江心，幸得斷木附著，飄入蘆渚。七日無食，只取蓮實充饑。巧逢老人到來，救奴及兒同行至此。奴萬死一生，得將此兒儲存，伏乞推恩收育，不負小主人一番忠誠。」孫氏可謂義婢。元璋亦流淚道：「主忠僕義，萬古流芳，我不唯保養此兒，連你亦應矜恤。只與你同來的老人，究竟何姓何名？為何不知去向？」孫氏道：「他只自稱雷老，不說實名。」元璋遲疑半晌，方說了「忠孝格天」四字，應有此理。仍命孫氏撫養花煒，歲給祿糈。至煒年長成，累官指揮僉事，孫氏亦受旌封，這是後話，暫且不表。

且說陳友諒既得太平，急謀僭號，遣壯士椎殺壽輝，便假採石五通廟為行宮，自稱皇帝，國號漢，改元大義。命鄒普勝為太師，張必先為丞相，張定邊為太尉，一面遣使約張士誠，同攻應天。士誠不敢遽允，遣還來使。此劉基所謂自守虜也。不然，東西相應，應天寧不危乎？友諒怒道：「鹽儈不來，我豈不能下金陵麼？」大言不慚。遂大集舟師，自江州直指應天。舳艫蔽空，旌旗掩日，自頭至尾，差不多有數十里。彷彿曹操八十萬大兵。警報飛達應天，元璋即召眾將會議，眾將紛紛獻計，有說友諒兵盛，宜出城迎降的，有說應走據鐘山，徐圖規復的，獨劉基瞋目無言。胸有成竹。元璋退入，召基問話，基答道：「說降說走，都可斬首，斬了他方可破賊。」我亦云然。元璋道：「依先生高見，計將安出？」基答道：「天道後舉者勝，我以逸待勞，何患不克？」元璋稱善。基復密語良久（下文統暗括在內），元璋益喜，復出廳升座。眾將又上來獻議，或請遣兵先復太平，或請主帥親自出征，又換了一派議論，想是斬首之言，已被聞知。統被元璋駁去，只命參謀范常，貽書胡大海，命他出搗信州，牽制友諒後路。范常應聲而出，自去照行。元璋又召康茂才入內，與語道：「聞汝與友諒相知，能否通詐降書麼？」茂才道：「願如尊命！且家有老閽，曾事友諒，遣使齎書，必信無疑。」元璋喜道：「既如此，快修書出發！」茂才應令，立寫就詐降書，並密囑司閽數語，令乘一小舟，徑投友諒軍前。友諒得書，便問道：「康公何在？」司閽答道：「現守江東木橋。」友諒即待以酒食，令他還報導：「歸語康公，我到江東橋，三呼老康，即當倒戈內應，不可誤事！」利令智昏。司閽唯唯連聲。返報茂才，茂才即入稟元璋，元璋笑道：「友諒友諒！已入我彀中了。」急令李善長帶了工役，乘著月夜，把江東木橋，改為鐵石，一夕而成，大書江東橋三字，令人一望便知。善長還報，元璋即命常遇春、馮國勝（此時馮國用已歿，弟勝承襲兄職）、華高等，率帳前五翼軍，伏石灰山側，徐達伏兵南門外，並各囑道：「我當統兵至盧龍山，你等可遙望山上，豎著赤幟，便知寇至；改豎黃幟，乃可麾兵殺出，休得有誤！」諸將領命去訖。此兩路是防陸。又命楊璟駐兵大勝港，張德勝、朱虎等，領舟師出龍江關外。此兩路是防江。分撥已定，乃親自督兵出城，至盧龍山駐紮，專待友諒兵來。

不一日，友諒果聯舟東下，至大勝港，口甚狹，僅容三舟，瀕岸又見有重兵駐著，楊璟兵出現。恐被出擊，不敢停留，遂退出大江，徑來覓江東橋。距橋約半里，已有江東橋三字，對映眼波，只橋是大石砌成，並非木質，未免心中懷疑，至此尚不知中計，確是笨伯。復駛近橋邊，連呼老康老康，憑他叫破喉嚨，並沒有人出應，只有空中聲浪，回了轉來，也答他是老康兩字。妙甚。趣甚。友諒才知中計，但因船多人眾，恰還沒有慌忙，復下令向龍江出發。既抵龍江，即遣萬人登岸立柵，聲勢銳甚。時方酷暑，烈日炎炎，元璋服紫茸甲，在山上張蓋督兵，嗣見將士揮汗如雨，立命去蓋，與將士同曝日中。馭兵之道在此。將士欲下山奪柵，元璋道：「天將下雨，汝等且就食，俟乘雨往擊未遲。」想是劉軍師教他。諸將昂頭四顧，並沒見有雲翳，大都莫名其妙，只好遵令就食。食方畢，西北風驟起，黑雲四至，大雨傾盆而下，元璋即命將士下山拔柵，一面豎起赤幟。友諒見立柵被拔，亦麾眾力爭。兩下相殺，雨忽停止。元璋復改豎黃幟，並發鼓聲。於是常遇春等自左殺到，徐達自右殺到，把登岸的敵兵，統驅入水中。友諒忙麾舟渡軍，舟甫離岸，張德勝、朱虎又領舟師殺來，嚇得友諒不知所為，偏偏潮神又與他為仇，來時潮漲，去時潮落，把數百號兵船，一概膠住淺灘，不能移動。友諒無法可施，忙改乘小舟，飛槳逃出，其餘軍士，亦多投水逃生，有一半不善泅水的，統沉沒江心，至河伯處當差去了。元璋覆命諸將追襲，自率親兵，收奪敗艦，共得巨艦百餘艘，戰舸數百，連友諒所乘的大船，亦一律獲住，船中尚留著康茂才書，元璋不覺失笑道：「呆鳥呆鳥！」言已，複檢點俘虜，共得七千餘人，押領而歸。

且說友諒易舟西遁，又見敵舟遠遠追來，忙下令加槳飛逃，至慈湖，距敵舟不過數丈，正在著急，又遇火箭射至，烈焰飛騰，那時急不暇擇，只好駛舟近岸，一躍登陸，鼠竄而去。這邊的張德勝、朱虎及廖永忠、華雲龍等，哪裡肯舍，毀了友諒的舟，復上岸力追，直抵採石。不防友諒得了援兵，回馬來戰，張德勝首先陷陣，致受重傷，死於軍中。廖永忠、華雲龍等，見德勝陷沒，勃生義憤，捨命衝鋒，一場死鬥，仍將友諒殺敗，友諒方棄甲曳兵，逃回江州去了。友諒一敗。嗣是徐達復太平，胡大海取信州，馮國勝等取安慶，露布飛馳，歡聲騰躍。偏友諒不肯干休，遣張定邊攻安慶，李明道攻信州，安慶竟被奪去，信州由李文忠往援，擒住明道，獻至應天。明道願降，並言友諒可取狀，於是元璋復造了龍驤巨艦，親率舟師，再攻安慶。廖永忠、張志雄等，奮勇當先，拔了水寨，進兵攻城，自旦至暮不能下。劉基獻議道：「安慶城高而固，急切不能攻下，何若移師江州，破他巢穴。」的是勝著。元璋不待說畢，即下令撤圍，鼓舟西上。聰明人不消細說。舟過小孤山，遇有數舟來降，舟中有兩員大將，一個叫做傅友德，一個叫做丁普郎。元璋召入，問明來歷，知系友諒部將，棄暗投明，自然心喜。且見友德較為英武，便命他仍率原舟，作為前導。沿途遇著江州巡兵，一概招降，稍有不服，立刻掃淨。片帆風順，徑達江州城下。友諒聞報，尚疑是士卒誤傳，待至城外鼓角喧天，方知敵兵果到，慌忙整兵守禦。彷彿做夢。唯江州抱水依山，也是一座堅城，友諒倚作巢穴，簡直是不易攻的。當下一攻一守，相持兩日，城完如故。友諒稍稍放心，不想到了夜間，敵兵竟登城殺入，急得友諒手足無措，忙挈妻逃出城門，乘舟西奔，逃至武昌去了。友諒二敗。原來元璋用劉基計，密測城堞高度，令工兵在各艦尾，搭造天橋，乘著暗夜，一列將船倒行，直逼城下，天橋與城堞，巧巧銜接，將士援橋登城，不費什麼氣力，竟得殺入城中，友諒還道神兵自天而下，哪得不倉猝逃去？原來如此。

江州已下，南昌守帥胡廷瑞，也遣使鄭仁杰輸誠，唯請勿散他舊部。元璋頗有難色，劉基在後，潛踢元璋所坐胡床，元璋大悟，又似張子房之躡沛公。乃遣仁杰還，並賜書慰諭，准如所請。廷瑞即遣甥康泰齎書請降，自是餘干、建昌、吉安、南康諸郡縣，相繼投誠。元璋又命趙德勝、廖永忠、鄧愈等，分兵四出，略瑞州、臨江，拔浮梁、樂平，並攻克安慶贛皖一帶，十得七八。元璋乃率軍東還，道出南昌，胡廷瑞率甥康泰及部將祝宗等，出城迎謁。元璋慰勞有加，並令廷瑞等同歸應天，留鄧愈駐守南昌，葉琛任知府事。臨行時，廷瑞密白元璋，以祝宗、康泰二人，不甚可恃，元璋乃令二人歸徐達節制，從徵武昌，不意元璋才歸，祝宗、康泰果謀叛返兵，襲入南昌。葉琛戰死，鄧愈單身逃免。幸徐達旋師平亂，誅祝宗，赦康泰，南昌復定。元璋聞報，方轉憂為喜道：「南昌控引荊、越，系西南藩屏，今為我有，是陳氏一臂斷了，但非骨肉重臣，恐不可守。」乃改南昌為洪都府，命姪兒朱文正為大都督，統率趙德勝、薛顯等，與參政鄧愈，一同往守。各將方去，忽由浙東迭來警耗，報稱胡大海、耿再成兩將，被刺身亡，元璋又出了一大驚，小子走筆至此，又有一詩詠道：

大功未就已身捐，百戰沙場總枉然。
只有遺名垂竹帛，忠魂猶得慰重泉。

畢竟胡、耿兩將如何被刺，且看下回分解。

本回所敘，純係朱、陳兩方戰事，而朱氏之得勝，又全屬劉基之功。陳友諒既得太平，即乘勝東下，聲勢銳甚，金陵諸將，議降議避，莫衷一是，元璋雖智不出此，然非劉基之密為定計，則未必全勝。史傳多歸美元璋，此係善則稱君之常例，演史者所當推陳出新，不得仍如史官云云也。至若江州之役，南昌之降，則劉基本傳中，亦歷述其匡贊之功。天生一朱元璋，復生一劉伯溫，正所以成君臣相濟之美，非揭而出之，曷由顯劉青田之名乎?唯近世小說家，有以神奇稱基者，則未免附會，轉失其真，是固本書所不取也。

第十回　救安豐護歸小明王　援南昌大戰偽漢主

卻說胡大海留守金華，耿再成留守處州，本是犄角相應，固若金湯。唯金、處本多苗軍，胡、耿兩將，多雅意招攬，不分畛域。苗將蔣英、劉震、李福等，歸降胡大海，李佑之、賀仁德等，歸降耿再成。胡、耿皆留置麾下，一例優待，怎奈狼子野心，終不可恃。為濫收降將者，作一棒喝。蔣英、李福等先謀作亂，商諸劉震，震頗不忍，李福謂舉行大事，不能顧及私恩，於是震亦相從，先以書勾通處州苗將，令同時舉兵，一面稟請大海，至八詠樓下觀弩。大海不知是詐，挺身而出，將上馬，忽有苗將鍾矮子跪馬前，詭稟蔣英罪狀。大海未及答，回顧蔣英，不料被英突出鐵錘，擊中頭腦，頓時腦漿迸出，死於非命。英即斷大海首，脅從大海部兵。大海子關住及郎中王愷，俱被英等殺死。唯典史李斌，懷著省印，縋城至嚴州告急。李文忠亟遣何世明、郭彥仁等往討，張德濟亦自信州奔赴，這邊方鬧個不了，那邊又響應起來。此所謂銅山西崩，洛東應。李佑之、賀仁德等，先接蔣英等書，尚未敢動，至大海被殺，即放膽作亂。耿再成方與客飲，聞變調軍，兵卒未滿二十人，佑之等已經殺入，再成叱道：「賊奴！何負爾等，乃敢造反？」言未已，佑之等已攢槊環刺，再成揮劍，連斷數槊，卒因賊眾槊多，不勝防備，身中數創，大罵而死。分省部事孫炎及知府王道同，均遇害。再成子天璧，方奉命往處州，徵發苗兵，中途聞變，亟遣人至李文忠處乞援，一面糾集再成舊部，急赴父難。

這時候的警報，早達應天，元璋未免痛悼，並語劉基道：「金、處有失，衢州恐亦被兵，如何是好？」劉基道：「賊眾烏合，尚不足慮，且嚴州有李將軍，就近赴援，制賊有餘，若慮及衢州，不材願往鎮撫。且前因兵事倥傯，以至喪母未葬，此時正可乘便回籍，為公及私了。」元璋喜道：「先生願行，尚有何說！」遂撥了得力將士，令基帶去，以便調遣。基星夜前進，到了衢州，守將夏毅，忙迎基入城，並語衢州亦多訛言，基云無妨，當下派兵四駐，並揭榜安民，一夕即定。確是大材。嗣發書至各處屬縣，諭以鎮靜無恐，休得自擾！各縣亦相安無事。一瞬旬餘，聞金華叛將蔣英等已敗投張士誠，處州叛將李佑之等，亦由李文忠部將與耿天璧等擊死，不出先生所料。遂遣使馳報應天，自回原籍葬母去了。元璋得劉基使報，又接李文忠捷書，自然欣慰，遂命李文忠為浙江行中書省左丞，總制嚴、衢、信、處諸郡軍馬。以耿天壁襲父職，留守處州。後由李文忠出攻杭州，得獲蔣英等，刺血祭大海，尋復追封大海為越國公，再成為高陽郡公，事且慢表（歸結胡大海、耿再成二人）。

且說劉基回籍葬母，在家丁憂，方國珍亦馳書慰唁，基答書稱謝，並宣示元璋威德，勸他歸附。國珍乃遣使至應天，進貢方物。元璋甚喜，貽書劉基，慰勞備至。又常遙諮軍事，並約期促赴應天，基於至正二十二年春還籍，至二十三年春復出，適元璋擬親援安豐，基即進諫道：「友諒、士誠，眈眈思逞。為主公計，不如勿行為是。」元璋道：「小明王被圍甚急，我向奉他龍鳳年號，不忍袖手旁觀，因此不得不往。」基嘿然。原來基初至應天，見中書省曾設御座，奉小明王韓林兒虛位，每當春秋佳節，自元璋以下，皆向座前行慶賀禮，基獨不往，且憤憤道：「一個牧豎，奉他何為？」獨具隻眼。至是韓林兒居亳州，為元統帥察罕帖木兒所敗，偕劉福通遁至安豐。張士誠又乘隙往攻，率眾十萬，圍住安豐城。劉福通不能敵，飛使從間道至應天，哀乞援師。基不欲往援，所以諫阻，偏偏元璋不從，竟率徐達、常遇春等，兼程而往。及至安豐，城已失守，福通被殺，林兒在逃。士誠將呂珍，據城列柵，水陸連營，徐達等拔他中壘，乘勝進擊，不想前面阻著大濠，一時不能踰越，後面偏遇呂珍殺至，分著左右兩翼，圍裹攏來，竟把徐達等困住垓心。虧得常遇春率軍橫擊，三戰三勝，才得擊走呂珍，追了一程，呂珍復得廬州左君弼援軍，翻身再戰，復被徐達、常遇春等殺退。元璋乃命徐達等攻廬州，自率兵往覓林兒，得諸途中，送居滁州，自回應天。為此一行，險些兒把龍蟠虎踞的都城，被人暗襲。虧陳友諒見近忘遠，只把五六十萬的大兵，專攻南昌，不襲應天，令這位暗叨天佑的元璋公，還好從容布置，與友諒鏖戰鄱陽湖，決最後的勝負。說來話長，由小子從頭至尾，演述出來，以便看官詳閱（欲敘鄱陽戰事，先用如椽之筆，承上起下，見得此戰關係甚大，非尋常戰事可比）。

這友諒因疆宇日蹙，愧憤交集，意欲破釜沉舟，與元璋決一死戰，於是大作戰艦，每舟分三級，高約數丈，上下人語不相聞，房室俱備，中可走馬，行軍之道，全在靈活，況江中之戰，不比海中，造此大艦何為者？當下載著百官家屬，及所有士卒六十萬，悉數東來。孤注一擲，越是呆鳥。到了南昌，便把各艦停住，準備攻城。何不直搗金陵。守帥朱文正，聞友諒傾國而來，急命鄧愈守撫州門，趙德勝守官步、士步、橋步三門，薛顯守章江、新城二門，牛海龍等守琉璃、澹台二門，自率精銳二千人，居中節制，往來策應。那友諒親自督兵，猛撲撫州門，兵士各持笠帽大的盾牌，上御矢石，下鑿城垣。不多時，但聽得一聲怪響，城竟坍壞二十多丈。各兵方擬擁入，忽見裡面銃聲迭發，射出許多火星，熊熊炎炎。閃爍如電，稍被觸著，不是焦頭，就是爛額，此時欲用盾牌遮蔽，哪知盾系竹製，遇著火尤易燃燒，大眾多是畏死，自然逐步倒退。鄧愈即飭兵豎柵，柵未豎成，外兵又進，兩下接仗，不得不血肉相搏。正危急間，文正督諸將來援，且戰且築。外兵怎肯歇手，連番殺入，連番退出，等到城牆修畢，內外屍骸，好似山積。文正麾下的猛將，如李繼先、牛海龍、趙國旺、許珪、朱潛等，統已戰死了。友諒休兵數日，復攻新城門，忽城內突出一支人馬，似龍似虎，銳不可當，首將便是薛顯，提刀突陣，尤為凶猛。友諒將劉震，不顧好歹，上前攔住，被薛顯橫腰一刀，揮作兩段，餘眾披靡。薛顯殺了一陣，收兵而回。入城後，檢點將士，只不見百戶徐明，探問下落，才知窮追被擒，惋惜不已。友諒憤攻城不下，自己沒用，憤亦何益？增修戰具，移攻水關。水關有柵，文正集壯士防守，見友諒兵至，從柵縫中迭出長槊，迎頭刺擊。友諒兵也是厲害，奪槊更進，不防裡面換用鐵戟刺出，奮手去奪，都一聲慘號，七顛八倒。看官道這鐵戟上有何物？乃是用火淬過，一經著手，立即灼爛。自是無人近前，水關又無恙了。友諒乃分兵攻陷吉安、臨江，招降李明道，殺死曾萬中，復擒住劉齊、朱叔華、趙天麟三人，至南昌城下開刀，並呼城上守兵道：「如再不降，以此為例。」守兵不為動。友諒復攻官步、士步兩門，趙德勝日夕巡城，指麾士卒，忽來了一支硬箭射中腰眼，深入六寸，頓時忍痛不住，拔劍嘆道：「我自壯歲從軍，屢受創傷，未有如此厲害，今日命該當絕，只恨不能從我主公，掃清中原。」言至此，猝然暈僕，竟爾逝世。出師未捷身先死，長使英雄淚滿襟。德勝歿後，軍士越奮，友諒亦越攻不下，但總不肯捨去，鎮日裡圍住這城。真是呆鳥。文正佯遣兵納款，令他緩攻，陰令千戶張子明，偷越水關，赴應天告急。

子明扮做漁夫模樣，搖著漁舟，唱著漁歌，混出石頭城，晝行夜止，半月始達應天，易服見元璋。元璋始悉南昌被困狀，且問友諒兵勢如何？子明道：「友諒傾國而來，兵勢雖盛，戰死恰也不少。現在江水日涸，巨艦轉駛不靈，且師久糧匱，蹙以大兵，不難立破。」元璋道：「你先歸報文正，再堅守一月，吾當親自來援。」子明領諾，仍改作漁翁裝，搖舟疾返，不意到了湖口，竟被友諒邏卒拘住。去時得脫，歸時始被執，暗中也有天意。友諒道：「你是何人？敢如此大膽。」子明道：「我是張子明，至應天乞援的。」直言得妙。友諒復道：「元璋曾來援否？」子明道：「即日便至。」尤妙。友諒道：「你若有志富貴，不如出語文正，說是應天無暇來援，令他速降。」子明瞪目道：「公休欺我！」反詰尤妙。友諒道：「絕不欺你。」子明道：「果不相欺，我便去說。」友諒便命人押至城下，命與文正答話。子明高聲呼道：「朱統帥聽著！子明使應天已回，主上令我傳諭，堅守此城，援軍不日就到了。」彷彿春秋時之晉解揚，但楚莊不殺解揚，而友諒殺子明，安能成霸？友諒聞言大怒，立將子明殺死，這且按下。

且說元璋因南昌圍急，飛調徐達等回軍，集師二十萬，禡纛龍江，剋期出發。至湖口，先遣指揮戴德，率著兩軍，分屯涇江口、南湖嘴，遏友諒歸路。又檄信州兵馬，守武陽渡，防友諒逃逸。安排已就，然後駛舟再進。友諒自圍攻南昌，已閱八十五日，至是聞元璋來援，遂撤圍東下，至鄱陽湖迎戰。元璋率著舟師，從松門入鄱陽湖，抵康郎山，遙見前面檣如林立，艦若雲連，料是聯舟逆戰的友諒軍，便語諸將道：「我觀敵舟首尾連線，氣勢雖盛，進退欠利，欲要破他，並非難事。」徐達在旁道：「莫如火攻。」元璋道：「我意亦然。」乃分舟師為二十隊，每舟載著火器弓弩，令各將士駛進敵船，先發火器，次放硬箭。眾將士依計而行，果然一戰獲勝，殺敵軍一千五百餘人。徐達身先諸將，奪住巨舟一艘。俞通海復乘風縱火，焚敵舟二十餘只，餘將宋貴、陳兆先等，亦相率死戰。這時候，前後左右的敵船，多半被火，連徐達所坐的大船，也被延燒，達忙令兵士撲滅火勢，奮力再戰。元璋恐達有失，遣舟往援，達得了援舟，越覺耀武揚威，爭先驅殺。不意敵兵避去徐達，卻爭來圍攻元璋，元璋見敵兵趨集，急欲鼓船督戰，船行未幾，忽被膠住。友諒驍將張定邊，乘隙入犯，一聲號召，四面的漢兵，搖櫓雲集，把元璋困住垓心。指揮程國勝，與宋貴、陳兆先等，忙率兵抵住，一當十，十當百，拚個你死我活，真殺得天昏地黯，日色無光。那張定邊煞是勇悍，只管四面指麾，重重圍裏。宋貴、陳兆先捨命抗拒，身中數十創，竟斃舟中。元璋至此，也不覺失色。死是人人所怕。裨將韓成進稟道：「殺身成仁，人臣大義，臣願代死紓敵，敢請主公袍服，與臣易裝，總教主公脫難，臣死何妨！」紀信又復出現。元璋沉吟不答。韓成方欲再言，只聽得敵舟兵士，呼噪愈急，聲勢洶洶中，約略有速殺速降等字樣，益令朱公急殺。急得韓成不遑再待，只呼道：「主公快聽臣言，否則同歸於盡，有何益處？」元璋乃卸下衣冠，遞與韓成。韓成更衣畢，復把冠戴在頭上，顧道元璋道：「主公自重！韓成去了。」比易水歌尤為悲壯。元璋好生不忍，奈事在眉急，不得不由他自去。韓成登著船頭，高叫道：「陳友諒聽著！為了你我兩人，勞師動眾，糜爛生靈，實屬何苦？我今且讓你威風，你休得再行殺戮！你看你看。」說至看字，撲咚一聲，竟投入水中去了。小子有詩贊韓成道：

滎陽誑楚願焚身，誰意明初又有人。
水火不情忠骨滅，空留史筆紀貞臣。

韓成既死，敵攻少緩，只張定邊尚不肯退，忽覺颼的一聲，一支鵰翎箭，正向張定邊右額射至。定邊失聲道：「罷了！罷了！」小子不知此箭何來，待查明底細，再行詳述。

是回本旨，系欲承接上文，敘入南昌被圍，鄱陽大戰事。因中間有胡、耿被害，及安豐一段情節，不能不敘，故隨手插入。胡、耿為有功之臣，敘其始，紀其末。安豐之行，關係尤大，南昌幾乎失守，金陵幾乎被襲，揭而出之，非特事實之不漏，抑以見軍國事之不能稍失也。陳友諒不襲應天，專攻南昌，著手之誤，不待細說。且以六十萬眾，攻一孤城，相持至八十餘日，猶不能下，是殆所謂強弩之末，魯縞難穿，奚待鄱陽之戰，始見勝負耶？唯朱、陳二氏之興亡，實以鄱陽一戰為關鍵，故是回下筆，不敢苟且，亦不敢簡率，閱者於此得行文之法焉。

第十一回　鄱陽湖友諒亡身　應天府吳王即位

卻說陳友諒驍將張定邊，正圍攻元璋，突被一箭射來，正中右額，這箭不是別人所射，乃是元璋部下的參政常遇春。當下射中定邊，駛舟進援，俞通海亦奮勇殺到。定邊身已負創，又見遇春諸將，陸續到來，沒奈何麾舟倒退。這江中水勢，卻也驟漲，把元璋的坐船，湧起水面，乘流鼓蕩，自在遊行。想是韓成應死此地，不然，大江之水，何驟淺驟漲耶？元璋趁勢殺出，復令俞通海、廖永忠等，飛舸追張定邊。定邊身受數十箭，幸尚不至殞命，輕舟走脫。時已日暮，元璋乃鳴金收軍，嚴申約束，並嘆道：「劉先生未至，因罹此險，且喪我良將韓成，可悲可痛！」當下召徐達入艙，並與語道：「我恐張士誠襲我都城，所以留劉先生守著，目下強寇未退，勢應再戰，你快去掉換劉先生，請他星夜前來，為我決策，方免再誤！」（劉基未至，從元璋口中敘出，以省筆墨。）徐達貪夜去訖。

閱數日，基尚未至，友諒復聯舟迎戰，旌旗樓櫓，遙望如山。元璋督兵接仗，約半時，多半敗退。惱得元璋性起，立斬隊長十數人，尚是倒退不止。郭興進稟道：「敵舟高大，我舟卑下，敵可俯擊，我須仰攻，勞逸不同，勝負自異。愚見以為欲破敵軍，仍非火攻不可。」元璋道：「前日亦用火攻，未見大勝，奈何？」正說著，只見扁舟一葉，鼓浪前來，舟中坐著三人，除參謀劉基外，一個服著道裝，一個服著僧裝，道裝的戴著鐵冠，尚與元璋會過一面，姓名叫做張中，別字景和，自號鐵冠道人，元璋在滁時，鐵冠道人曾去進謁，說元璋龍瞳鳳目，有帝王相，貴不可言。元璋尚似信未信，後來步步得手，才知有驗（補敘鐵冠道人，免致遺珠）。此時與劉基同來，想是有意臂助。只有一個僧裝的釋子，形容古峭，服色離奇，素與元璋未識。至是與元璋晤著，方由劉基替他報名，叫做周顛，系建昌人氏，向在西山古佛寺棲身，博通術數，能識未來事，劉基嘗奉若師友，因亦邀他偕行。不沒周顛。元璋大喜，忙問破敵的法兒。劉基道：「主公且暫收兵，自有良策。」元璋依言，便招兵返旆，退走十里，方才停泊，於是復議戰事。劉基也主張火攻，元璋道：「徐達、郭興等，統有是說，奈敵船有數百號，哪裡燒得淨盡？況縱火全仗風勢，江上風又不定，未必即能順手，前次已試驗過了。」說至此，鐵冠道人忽大笑起來，元璋驚問何因？鐵冠答道：「真人出世，神鬼效靈，怕不有順風相助麼？」元璋道：「何時有風？」周顛插入道：「今日黃昏便有東北風。」此係測算所知，莫視他能呼風喚雨。元璋道：「高人既知天象，究竟陳氏興亡如何？」周顛仰天凝視，約半晌，把手搖著道：「上面沒他的坐位。」元璋復道：「我軍有無災禍。」周顛道：「紫微垣中，亦有黑氣相犯，但旁有解星，當可無慮。」都為下文伏線。元璋道：「既如此，即勞諸君定計，以便明日破敵。」周顛與鐵冠道人齊聲道：「劉先生應變如神，盡足了事，某等雲遊四方，倏來倏往，只能觀賀大捷，不便參贊戎機。」不愧高人。元璋知不可強，令他自由住宿，復顧劉基道：「明日請先生代為調遣，準備殺敵。」劉基道：「主公提兵親征，應親自發令為是，基當隨侍便了。」元璋允諾。基復密語元璋道：「如此如此。」元璋益喜。遂令常遇春等進艙，囑授密計，教他一律預備，俟風出發，常遇春領命而去。

轉瞬天晚，江面上忽颳起一陣大風，從震坎兩方作勢，陣陣吹向西南。友諒正率兵巡邏，遙見江中來了小舟七艘，滿載兵士，順風直進，料是敵軍入犯，忙令兵眾彎弓搭箭，接連射去，哪知船上的來兵，都是得了避箭訣，一個都射不倒，趣語。反且愈駛愈近。此時知射箭無用，改令用槊遙刺，群槊過去，都刺入敵兵心胸，不意敵兵仍然不動，待至抽槊轉鋒，那敵兵竟隨槊過來，仔細一看，乃是戴盔環甲的草人。大眾方在驚疑，忽敵船上抛過鐵鉤，搭住大船，艙板裡面的敢死軍，各爇著油漬的蘆葦，並硫磺火藥等物，紛紛向大船拋擲，霎時間烈焰騰空，大船上多被燃著。友諒急令兵士撲滅，怎奈風急火烈，四面燃燒，幾乎撲不勝撲。常遇春等又復殺到，弄得友諒心慌意亂，叫苦不迭。所授密計，一概發現。惱動了友諒兩弟，一名友仁，一名友貴，帶領平章陳普略等，冒火迎戰。友仁眇一目，素稱梟悍，普略綽號新開陳，也是一條膽壯力大的好漢。偏偏祝融肆虐，憑你什麼大力，但教幾陣黑煙，已薰得人事不知，所以友仁、友貴等，接戰未久，已陸續倒斃水中。友諒知不能敵，麾兵西遁，無如大船連鎖，轉掉不靈，等到斷纜分逃，焚死溺死殺死的，已不計其數。只元璋部將張志雄等，舟檣忽折，為敵所乘，竟被圍住。志雄窘迫自剄，他將餘昶、陳弼、徐公輔皆戰死。還有丁普郎一人，身受十餘創，頭已脫落，尚植立舟中，持刀作戰狀。及援兵四至，救出那舟，將士大半傷亡，只奪得屍骸，令他歸葬罷了。戰雖獲勝，尚傷亡多人，是之謂危事。

友諒逃了一程，見敵舟已遠，頓時咬牙切齒，與諸將計議道：「元璋狡獪，用火攻計，折我大軍無數，此仇如何得報？我見元璋坐船，檣是白色，明日出戰，但望見白檣，併力圍攻，殺了他方洩我恨。」恐無此好日。部眾領命。到了翌晨，又鼓勇東來，只望白牆進攻，誰意前面列著的船牆，統成白色，辨不出什麼分別，不敘元璋這邊，含蓄得妙。頓時相顧驚愕；但已奉出戰命令，不好退回，只得上前奮鬥。元璋自然麾眾接戰，自辰至巳，相持不下。忽劉基躍起大呼道：「主公快易坐船！」元璋亦不遑細問，急依了基言，改乘他舟。基亦隨至，並用雙手虛揮，面作喜色道：「難星過了。難星過了。」言未已，但聞一聲炮響，已將原舟彈裂。元璋且驚且喜，復語劉基道：「此後有無難星？」基答道：「難星已過，盡可放心。」既寫劉基，亦回應周顛語。於是元璋麾舟更進，時友諒高坐舵樓，正辨出元璋坐船，用炮擊碎，滿疑元璋必死，不想元璋又督兵殺來，很是驚駭，沒精打采的下舵樓去了。

且說元璋部將廖永忠、俞通海等，駕著六舟，深入敵中，舟為大艦所蔽，無從望見，好似陷沒一樣。俄頃見六舟將士，攀登敵舟，逢人便殺，見物即燒，那時元璋所有的將士，益覺勇氣百倍，呼聲震天，波濤立起，日為之暗。敵船大亂，怎禁得元璋部下，殺一陣，燒一陣，刀兵水火，一齊俱到，害得進退無路，只好與鬼商量，隨他同去。最可笑的，舟高且長，操櫓的人，不識前面好歹，兀自載了同舟敵國，吶喊狂搖，到了火熾，已是不及逃命。大舟之害，如是如是。友諒到此，狼狽已極，虧得張定邊拚命救護，才得衝出重圍，退保鞋山。元璋率諸將追至罌子口，因水面甚狹，不好輕進，便在口外寄泊，友諒亦不敢出戰。相持一日，元璋部將欲退師少休，請諸元璋，未得邀允。俞通海復入稟道：「湖水漸淺，不如移師湖口，扼江上流。」元璋因問諸劉基。基答道：「俞將軍言之有理，主公且暫時移師，待至金木相犯的日時，方可再戰。」乃下令移師，至左蠡駐紮。友諒亦出泊渚磯，兩下又相持三日，各無動靜。元璋乃遣使遺書友諒道：

公乘尾大不掉之舟，頓兵敝甲，與吾相持。以公平日之強暴，正當親決一死戰，何徐徐隨後，若聽吾指揮者，無乃非丈夫乎？唯公決之！盡情奚落，令人難堪。

使方發，忽報友諒左右二金吾將軍，率所部來降。元璋甚喜，接見後，慰勞備至，問明情由，乃是左金吾主戰，右金吾主退，俱不見從，兩人料友諒不能成事，因此來降。元璋道：「友諒益孤危了。」既而復有人來報，說是去使被拘，並將所獲將士，一律殺死，元璋道：「他殺我將士，我偏歸他將士，看他如何？」遂命悉出俘虜，盡行縱還，受傷的並給藥物，替他治療，此等處全是權術。並下令道：「此後如獲友諒軍，切勿殺他。」一面又致書友諒道：

昨吾舟對泊渚磯，嘗遣使齎書，未見使回，公度量何淺淺哉？江淮英雄，唯吾與公耳。何乃自相吞併？公今戰亡弟姪首將，又何怒焉？公之土地，吾已得之，縱力驅殘兵，來死城下，不可再得也。設使公僥倖逃還，亦宜卻帝名，待真主。不然，喪家滅姓，悔之晚矣！丈夫謀天下，何有深仇？故不憚再告。嘲諷愈妙。

友諒得書忿恚，仍不作答，只分兵往南昌，劫糧待食。偏又被朱文正焚殺一陣，連船都被他毀去，嗣是進退兩窮。元璋覆命水陸結營，陸營結柵甚固，水營置火舟火筏，戒嚴以待。一連數日，突見友諒冒死出來，急忙迎頭痛擊，軍火並施。友諒逃命要緊，不能顧著兵士，連家眷都無心挈領，只帶著張定邊，乘著別舸，潛渡湖口，所有餘眾，且戰且逃。由元璋追奔數十里，自辰至酉，尚不肯舍。驀見張鐵冠自棹扁舟，唱歌而來，元璋呼道：「張道人！你何閒暇至此？」鐵冠笑道：「友諒死了，怎麼不閒？怎麼不暇？」元璋道：「友諒並沒有死，你休妄言！」鐵冠大笑道：「你是皇帝，我是道人，我同你賭個頭顱。」趣甚。元璋亦笑道：「且把你縛住水濱，慢慢兒的待著。」彼此正在調侃，忽有降卒奔來，報稱友諒奔至涇江，復被涇江兵襲擊，為流矢所中，貫睛及顱，已斃命了。張鐵冠道：「何如？」言畢，划槳自去。身如閒鷗，真好自在。

元璋又追擒敗眾，共獲得數千人，及一一查核，恰有一個美姝，及一個少年，問明姓氏，美姝系友諒妃闍氏，少年系友諒長子善兒。越日，復得降將陳榮及降卒五萬餘名，查詢友諒死耗，果系確實。已由張定邊載著屍身及友諒次子理，奔歸武昌去了。友諒稱帝僅四年，年才四十四。初起時，父普才曾戒他道：「你一捕魚兒，如何謀為大事？」友諒不聽。及僭號稱帝，遣使迎父，父語使人道：「兒不守故業，恐禍及所生。」終不肯往，至是果敗。

元璋方奏凱班師，至應天，語劉基道：「我原不應有安豐之行，使友諒襲我建康，大事去了，今幸友諒已死，才可無虞。」（回應前回，且明友諒之失計。）於是告廟飲至，歡宴數日。元璋亦高興得很，乘著酒意，返入內寢，偶憶著闍氏美色，比眾不同，遂密令內侍召闍氏入室，另備酒餚，迫她侍飲。闍氏初不肯從，尋思身懷六甲，後日生男，或得復仇，沒奈何耐著性子，移步近前。元璋令她旁坐，歡飲三觥，但見闍氏兩頰生紅，雙眉舒黛，波瞳含水，雲鬢生光，不由的越瞧越愛，越愛越貪，吾未見好德如好色者也。驀然離座，把闍氏輕輕摟住，擁入龍床。闍氏也身不由己，半推半就，成就了一段風流佳話。每納一婦，必另備一種筆墨，此為個人描寫身分，故前後不同。後來生子名梓，恰有一番特別情事，容至後文交代。次日復論功行賞，賜常遇春、廖永忠、俞通海等採田，餘賜金帛有差。只張中、周顛二人，不知去向，未能懸空加賞，只好留待他日。

大眾休養月餘，再率諸將親征陳理，到了武昌，分兵立柵，圍住四門，又於江中聯舟為寨，斷絕城中出入，又分兵下漢陽、德安州郡。未幾已值殘年，元璋還應天，留常遇春等圍攻武昌，次年即為元至正二十四年，正月元日，因李善長、徐達等屢表勸進，乃即吳王位，建百司官屬，行慶賀禮。以李善長為左相國，徐達為右相國，劉基為太史令，常遇春、俞通海為平章政事，汪廣洋為右司郎中，張昶為左司都事，並諭文武百僚道：「卿等為生民計，推我為王，現當立國初基，應先正紀綱，嚴明法律。元氏昏亂，威福下移，以致天下騷動，還望將相大臣，慎鑑覆轍，協力圖治，毋誤因循！」李善長等頓首受命。轉瞬兼旬，武昌尚未聞報捷，乃復親往視師，這一次出征，有分教：

江漢肅清澄半壁，荊楊混一下中原。

欲知武昌戰勝情形，且俟下回再表。

周顛仰天，鐵冠大笑，劉基之手揮難星，王者所至，諸神效靈，似乎戰勝攻取，皆屬天事，無與人謀。吾謂友諒亦有自敗之道，江州失守，根本之重地已去，及奔至武昌，正宜斂兵蓄銳，徐圖再舉，乃迫不及待，孤注一擲，喪子弟，失愛妃，甚至身死人手，為天下笑，是可見國之興亡，實關人謀，不得如項羽之刎首烏江，自諉為非戰之罪也。闍氏一節，正史未載，而祕史獨有此事，諒非虛誣。冶容誨淫，何怪元璋？失道喪身，遑問妻孥？唯後文有潭王梓之叛，乃知色為禍根，大傾人國，小傾人城，如元璋之智，猶不免此，其他無論已。表而出之，以為後世戒云。

第十二回　取武昌移師東下　失平江闔室自焚

卻說吳王元璋，因武昌圍久未下，遂親往視師。既至武昌，即相度形勢，探得城東有高冠山，聳出城表，漢兵就此屯駐，倚為封鎖。吳王審視畢（此後敘述元璋俱稱吳王），便語諸將道：「欲破此城，必奪此山，哪個敢率兵上去？」諸將面面相覷，獨傅友德奮然道：「臣願往！」元璋大喜，便問需兵若干名？友德道：「何用多人！只得數百銳卒，便可登山。」元璋令他自行簡選，友德揀得壯士五百人，乘夜至山下，一鼓齊登。山上守兵，矢石疊下，友德面中一矢，鏃出腦後，脅下復中一矢，仍然當先殺上。郭興等見他奮勇，也麾兵馳應，立將守兵殺退，占住此山，自是俯瞰城中，瞭如指掌。城中守將陳英傑，素稱驍桀，見高冠山被占，氣憤的了不得。越日，挨至二鼓，竟縋城出來，混入吳營，徑至中軍帳下。吳王方坐胡床，突然瞧著，便大呼道：「郭四快為我殺賊！」郭四即郭英小字，是夕正輪著值帳，聞著呼聲，忙持槍奔入，適與刺客照面，手起槍落，將他刺死。吳王即解所服紅錦袍，披在郭英身上，並拍肩獎諭道：「卿系我的尉遲敬德，賊謀雖狡，難逃我虎將手中，不怕他不為我滅了。」元璋以漢高祖自比，復以唐太宗自居，是謂有志竟成。郭英拜受而出。

又越日，探馬來報，漢岳州守將張必先，率潭嶽兵來援，已到夜婆山了，吳王道：「潑張到來，宜用計勝他。」遂召常遇春入帳，授以密計，令他速去，遇春領命，率兵徑往。過了五日，遇春已擒住張必先，即來繳令。元璋覆命將必先推至城下，使諭守將道：「你等只靠一潑張，今已為我擒，還有何人可靠？速即投誠！免致糜爛。」張定邊立在城上，呼必先道：「你如何被他擒住？」必先道：「不必說了，漢數已終，兄亦應速降為是。」定邊至此，也瞠目不能答，自下城樓去了。原來必先善槊，以驍捷聞，綽號叫做潑張，此次被遇春用了埋伏計，把他擒住，因此守城諸將，為之奪氣，連膽力兼全的張定邊，也不覺惱喪異常。吳王知城中膽落，乃遣降將羅復仁入城諭降，且語復仁道：「你去傳諭陳理，教他即日來降，不失富貴。」復仁頓首道：「主上仁德，使陳氏遺孤，得保首領，尚有何言？臣前事陳氏，舊主氣誼，不敢竟忘，今得主上推恩，使臣不致食言，臣死亦無恨了。」吳王道：「我絕不欺你。」復仁乃去。越半日，返報陳理願降，吳王乃大開軍門，行受降禮。陳理銜璧肉袒，率張定邊等趨入，俯伏座前。理尚年幼，顫慄不敢仰視，吳王不禁憐惜，親自扶起，並婉諭道：「我不爾罪，休要驚慌！」言已，又命理入城，勸慰其母，所有府中儲蓄，令他自取，一切官僚，俱命挈眷自行，城中百姓饑荒，運米給賑，闔城大悅。只納了一個闍氏，未免失德。漢、沔、荊、嶽諸郡，皆望風歸降。遂立湖廣行中書省，令參政楊璟居守。帶了陳理，還歸應天，封他為歸德侯。陳理還算造化。會江西行省，齎獻友諒鏤金床，吳王道：「這便是蜀孟昶的七寶溺器，留他何用？」仍隱以唐太宗自比。立命毀訖。為闍氏計，恐有遺憾。一面命在鄱陽湖康郎山，及南昌府兩處，各建陳亡諸將士祠，算是褒忠報功的至意。一將功成萬骨枯。

陳氏既平，乃改圖張氏。張士誠聞吳王西征，乘間略地，南至紹興，北至通泰、高郵、淮安、濠泗，又東北至濟寧，幅員漸廣，日益驕恣，令群下歌頌功德，並向元廷邀封王爵。元廷不許，士誠遂自稱吳王，同時有兩個吳王，恰也奇異。治府第，置官屬，以弟士信為左丞相，女夫潘元紹為參謀，一切政事，俱由他二人作主。士信荒淫無狀，鎮日裡戲逐樗蒱，奸掠婦女，諧客歌妓，充滿左右。有王敬夫、葉德新、蔡彥夫三人，充做篾片，最邀信任。軍中有十七字歌謠道：「丞相做事業，專用王、蔡、葉，一朝西風起，乾癟！」好歌謠。吳王元璋乘這機會，遣徐達、常遇春等略取淮東，大軍所至，勢如破竹，下泰州，圍高郵，士誠恰也刁猾，潛遣舟師數百艘，溯流侵江陰。守將吳良、吳楨，嚴陣待著，正擬與士誠兵接仗，卻值吳王元璋親自來援，一番夾擊，大敗士誠舟師，獲士卒二千人。徐達等聞江陰得勝，努力攻城，守兵潰去，即將高郵占住，轉攻淮安。士誠將徐義，率舟師援應，被徐達夜出奇兵，掩殺一陣，奪了戰船百餘艘，徐義連忙逃走，還算保全性命。淮安守將梅思祖，見機出降，並獻所部四州。統是一班飯桶。徐達復還攻興化，也是一鼓而下，淮東悉平。

先是士誠曾遣將李濟，襲據濠州，想是從元璋處學來。元璋攻他高郵，他也遣據濠州。至是吳王元璋，命韓政、顧時等進攻，城中拒守甚堅，經政等鼓勵士卒，用著雲梯炮石，四面並攻，毀壞無數城堞。李濟知不可支，開城迎降。吳王元璋聞濠州已下，乃率濠籍屬將，還鄉省墓，置守塚二十家，賜故人汪文、劉英粟帛，並招集父老，置酒歡宴。興半酣，語父老道：「我去鄉日久，艱難百戰，乃得歸省墳墓，與父老子弟重複相見，今苦不得久留，與父老暢飲盡歡，所願我父老勸率子弟，孝弟力田，蔚成善俗，一鄉安，我也得安了。」父老皆歡聲稱謝。吳王臨行，復令有司除免濠州租賦。力效漢高。

還至應天，又命徐達為大將軍，常遇春為副將軍，率師二十萬討張士誠，並下令軍中道：「此行毋妄殺！毋亂掠！毋發邱壟！毋毀廬舍！毋毀損士誠母墓！違令有刑。」軍律固應如此，然亦無非籠絡人心。一面召徐達、常遇春入內，密問道：「爾等此行，先攻何處？」遇春道：「逐梟必毀巢，去鼠必薰穴，此行業直搗平江。平江得破，餘郡可不勞而下。」吳王道：「你錯想了。士誠起自鹽販，與張天麒、潘原明等，強梗相同，倚為手足，士誠窮蹙，天麒等恐與俱死，必併力相救，天麒出湖州，原明出杭州，援兵四合，如何取勝？今宜先攻湖州，剪他羽翼，然後移兵平江，不患不勝。」又密語徐達道：「前日士誠部將熊天瑞來降，看他來意，非出本心，將軍勿洩吾謀，只令天瑞從行，但云直搗平江，他必叛歸張氏，先去通知，如此，便墮我計中了。」達與遇春，俱受命去訖。吳王又檄李文忠趨杭州，華雲龍向嘉興，同時發兵，牽掣敵勢，文忠、雲龍等自然依令而行。分兵三路。

且說徐達、常遇春率二十萬眾，自太湖趨湖州，沿途遇著敵將，無戰不勝，擒住尹義、陳旺、石清、汪海等人。張士信駐守崑山，聞風遁去。徐達查閱將士，不折一人，只少了一個熊天瑞，想是叛歸士誠去了，果如元璋所言。當下乘機前進，直至湖州三里橋。張天麒受士誠封職，官右丞，駐兵湖州，聞徐達來攻，忙率偏將黃寶、陶子寶等，分道迎戰。黃寶出南路，適與常遇春相值，一戰便走，真不耐戰。遇春追至城下，黃寶不及入城，回馬再戰，被遇春手到擒來。天麒子寶得黃寶被擒消息，頓時氣餒，不戰自退。天麒也是如此，吳王所言，未免太看重他了。徐達進兵圍城，守兵各無鬥志，相率驚惶。會得援將李伯昇，由荻港潛入城中，人心稍定。探馬報知徐達，達乃分派將士，環布四面，嚴截援軍。忽又聞士誠將呂珍、朱暹及五太子等，率兵六萬，已到城東了。達語遇春道：「呂珍、朱暹，都稱驍悍，還有什麼五太子，聞系士誠養兒，短小精悍，能平地躍起丈餘，今率重兵來援，須小心防戰方好哩。」遇春道：「公圍城，某截援師，相機進戰，定可無虞。」達許諾，遂分兵十萬，給遇春調遣。遇春率兵至姑嫂橋，連築十壘，分守要隘。呂珍等不敢近城，只在城東舊館，設立五寨，與遇春相持，遇春也不與交鋒，唯留意截他餉道。會探得士誠女夫潘元紹，運糧至烏鎮，遂發兵夜襲，一陣擊退。尋復聞士誠遣將徐志堅，領舟師來襲姑嫂橋屯兵，復令男士埋伏橋邊，乘他初至，突出邀擊；老天也有意相助，風狂雨驟，日暗天昏，害得徐志堅進退無路，竟被諸勇士生生擒去。還有冒失鬼徐義，奉士誠命，前來探聽舊館戰事，也遭截住，虧得士誠遣了赤龍船親兵，前來援義，義始得脫。遇春急遣王銘等，載著火具，往毀赤龍船，船中不及防備，受著烈火，霎時俱盡，徐義等遁去。那時五太子屯兵舊館，因各軍敗潰，忿不可遏，竟收集舟師，來擊遇春營。遇春出營接仗，見五太子麾下，齊唱軍歌，嘩噪而至，真是人人奮勇，個個爭先，兩下裡廝殺起來，似乎遇春一邊，稍遜一籌，險些兒被他擊卻。巧值薛顯鼓舟而至，順風縱火，把五太子的兵船，又燒得烏焦巴弓，於是五太子也有力難施，只好逃還舊館，與呂珍、朱暹等，商議一個善全的法兒。呂珍、朱暹彼此相覷，支吾了好一歇，只想了一條納款輸誠的計策。確是好計。五太子也顧不得什麼，便與呂珍、朱暹，出降遇春軍前。跳不出圈子去了。遇春即馳報徐達，達令呂珍等至城下，招呼李伯昇、張天麒等出降。伯昇、天麒沒奈何齎送降書，迎徐達入城，湖州遂下。

士誠聞湖州被陷，甚是驚慌，不料杭州、嘉興，又迭來警信，平章潘原明，以杭州降李文忠，同僉宋興，以嘉興降華雲龍（兩路用虛寫），不由的魂飛天外，連身子都發顫起來。嗣聞吳江又復失陷，參政李福，知州楊彝，統已降敵，乃亟遣部將竇義等，出城扼守。誰知竇義等毫不中用，到了城南鯰魚口，戰不數合，就敗了回來，喪失戰船千餘艘。士誠滿懷憂懼，又越二日，城外炮聲隆隆，鼓聲淵淵，知是敵軍殺到，忙調兵登陴，飭令固守。翌晨，恰自己巡城，一登城樓，俯視四面八方，統豎著敵軍旗幟，葑門駐著徐達軍，虎邱駐著常遇春軍，婁門駐著郭興軍，胥門駐著華雲龍軍，閶門駐著湯和軍，盤門駐著王弼軍，西門駐著張溫軍，北門駐著康茂才軍，東北駐著耿炳文軍，西南駐著仇成軍，西北駐著何文輝軍，殺氣騰騰，幾無餘隙。閱者至此，亦為膽落。弄得這位張大王，心煩意亂，不知所為，下城後，只命一班勇勝軍，加意防守。勇勝軍統是劇盜出身，每遇戰鬥，慓悍異常，士誠特別寵遇，統賞他銀鎧錦衣，並賜他美號，叫做十條龍。這十條龍恰是不弱，受命禦敵，無不效死，因此徐達等晝夜環攻，不能得手。另遣俞通海帶了偏師，往略太倉、崑山、崇明、嘉定諸州縣，次第平定，還軍繳令，見平江仍屹峙如故，不覺怒氣填膺，當先撲城，誰知城上矢石，煞是厲害，攻了一時，身中數矢，痛甚乃還。徐達看他病劇，送回應天，數日而亡。吳王元璋，未免悲慟。且因平江圍久未下，貽書士誠，許以竇融、錢俶故事，士誠不報。光陰易過，又是數月，士誠焦灼得很，竟遣徐義、潘元紹等，率勇勝軍潛出西門，繞至虎邱，往襲常遇春營。遇春先已偵知，馳至盤門，與王弼聯軍截住。兩軍相會，你衝我突，良久未決。士誠復親督銳師出援，來勢甚猛，遇春麾下楊國興戰死，餘眾稍卻。遇春拊王弼背道：「君繫著名猛將，能為我奮勇殺敵否？」王弼應聲出馬，揮著雙刀，大呼入敵陣，敵眾不覺辟易。遇春復乘勢掩殺，竟將士誠部眾，逼至沙盆潭，士誠連人帶馬，墮入潭中，幾乎溺死。十條龍統下水相救，及士誠登岸，十條龍已死了九條。想是龍王乏使，故一律招去。士誠肩輿還城，檢點殘兵，傷亡無數，竟搥胸痛哭起來。有何益處？忽有一客求見，願陳至計。士誠召入道：「你有何言？」客答道：「公可知天數麼？從前項羽喑嗚叱吒，百戰百勝，終為漢高所敗，自刎烏江，天數難逃，可為前鑑。公以十八人入高郵，擊退元兵百萬，東據三吳，有地千里，南面稱孤，不亞項羽，若能愛民恤士，信賞必罰，天下不難平定，何至窮困若此？」士誠道：「足下前日不言，今日已不及了。」客復道：「前日公門如海，子弟親戚，壅蔽聰明，敗一軍不知，失一地不聞，內外將帥，美衣玉食，歌兒舞女，日夕酣飲，哪裡防有今日？就使叩門入諫，公亦不願與聞。」侃侃而談，確中隱害。士誠喟然道：「事成既往，尚有何說？」客復道：「鄙見卻有一策，未知公肯從否？」士誠道：「除死無大難，果有良策，亦不妨相告。」客又道：「公試自思，比陳友諒何如？友諒且兵敗身喪，可知天命所在，人力難爭。今公恃湖州，湖州失了，恃嘉興，嘉興失了，恃杭州，杭州又失了，今獨守此地，誓以死拒，徒死何益？不如早從天命，自求多福。況應天已有書至，曾許公以竇融、錢俶故事，公即去王號，尚不失為萬戶侯，何得何失，願公早自為計！」雖為說客，語亦甚是。士誠沉吟良久道：「足下且退，容我熟圖！」客乃退去。看官道此客為誰？乃是李伯昇遣來的說士。士誠躊躇達旦，決計不降，乃復率兵突出胥門，復被常遇春殺退。張士信督兵守城，又被飛炮擊中頭顱，立時身死。獨熊天瑞死力抵禦，因城中木石俱盡，甚至拆毀祠宇民居，作為炮料，連番擊射。徐達令軍中架木如屋，伏兵攻城，矢石不得傷。接連又是數日，方才攻破葑門。常遇春亦攻破閶門新寨，蟻附而進，守將唐傑、周仁、徐義、潘元紹等，抵敵不住，先後迎降。士誠尚收集餘兵二三萬，至萬壽寺東街督戰。那時大勢已去，不到片時，已是紛紛潰散，士誠忙逃歸內城。徐達等復乘勢殺入，但見士誠宮中，猛騰烈焰，彷彿似雨後長虹，紅光四映。小子有詩嘆道：

群雄逐鹿肇兵爭，坐失機謀國自傾。
成敗相差唯一著，闔宮自毀可憐生。

究竟士誠宮內如何被火，且待下回說明。

陳理降而士誠不降，士誠似尚為硬漢。顧吾謂士誠之智，且出陳理下，陳理幼弱無能，且經乃父之敗沒，兀守危城，自知不支，雖銜璧乞降，猶得受封為歸德侯，保全其母，不失富貴，友諒有知，應亦自慰。若張士誠以泰州鹽儈，據有浙東，拓及吳江，設能禮賢愛民，明刑敕法，則江南雖小，固可坐而王也。況乎朱、陳相競，連歲交兵，彼為蚌鷸，我為漁人，寧不足以致勝？乃優柔寡斷，內外相蒙，卒予朱氏以可乘之隙。

至於兵敗地削，孤城被圍，齊雲一炬，闔室自焚，妻孥且不保，亦何若長為鹽儈之為愈乎？讀本回，勝讀《張士誠列傳》，而筆勢蓬勃，亦莊亦諧，尤足令人饜目。

第十三回　檄北方徐元帥進兵　下南閩陳平章死節

卻說張士誠宮中，有一座齊雲樓，系士誠妻劉氏所居。士誠兵敗，嘗語劉氏道：「我敗且死，爾等奈何？」劉氏道：「君勿過憂，妾絕不負君。」至城陷，即命乳媼金氏，抱二幼子出室，驅群妾侍女登樓，令養子辰保，置薪樓下，放起火來。霎時間烈焰沖霄，把一座高樓，盡成灰燼；所有群妾侍女，統被祝融氏收去，劉氏即投環畢命。自死便了，何必將群妾侍女，盡付一炬。士誠獨坐室中，左右皆散走，徐達命降將李伯昇，往勸士誠出降。伯昇徑詣士誠室門，屢叩不應，至壞門而入，但見士誠冠冕龍裳，兩腳懸空，也做了懸梁客。伯昇忙令降將趙世雄，解繩救下，士誠竟甦醒轉來。何必復活。適值潘元紹亦至，再三開導士誠，士誠終瞑目無言。乃用舊盾載了士誠，舁出葑門，登舟送應天。士誠仍不食不語，奄奄待斃。到了龍江，仍然堅臥不起。眾兵將士誠舁至中書省，由李善長曉譬百端，勸他歸順。士誠竟出言不遜，倔強何用？惱動了李善長，稟報吳王元璋，擬置諸死。吳王尚欲保全，哪知士誠乘人不備，竟自縊死。士誠起兵，在元至正十三年，至二十四年，自稱吳王，二十七年，縊死金陵，由吳王元璋，給棺殮葬。降將多赦罪不問，唯叛將熊天瑞被執，梟首示眾。吳會皆平，改平江為蘇州府，吳王又論功行賞，封李善長為宣國公，徐達為信國公，常遇春為鄂國公，餘皆進爵有差。

唯平江未下時，吳王曾遣廖永忠至滁州，迎韓林兒歸應天，諸將以林兒到來，擬仍奉為帝，獨劉基不可。嗣聞林兒至瓜步，竟爾暴卒，或說劉基密稟吳王，令廖永忠覆林兒舟，致遭溺斃，是真是假，也無從證實，但林兒本不足為帝，乘此死了，還算得時。吳王元璋，替他喪葬，然後除去龍鳳年號，改為吳元年，立宗廟社稷，建宮室，訂正樂律，規定科舉。至平江已下，江東大定，乃分道出師，用正兵略中原，遣偏師徇南方。又是雙管齊下。

先是元相脫脫謫死雲南（從脫脫貶死事，接入元廷略史，既回應第四回文字，且使閱者便於接洽）。河北一帶多半淪沒，幸察罕帖木兒起兵關陝，轉戰大河南北，平晉冀，復汴梁，定山東，滅賊幾盡。吳王元璋，曾遣使致書察罕，與他通好，察罕留使不遣，只貽書作答。嗣察罕為降將田豐所殺，元廷以察罕養子王保保，代理軍務。王保保即擴廓帖木兒，率兵復仇，擒殺田豐，乃歸還吳王使人，並致書勸吳王歸元。元廷亦遣尚書張昶，航海至慶元，授吳王元璋為江西平章，吳王不受。擴廓智勇，不讓乃父，唯與河南平章孛羅帖木兒，屢次構兵，牽動宮掖。元太子愛猷識理達臘，與擴廓善，令調兵討孛羅。孛羅即舉兵犯闕，逐太子，幽二皇后奇氏。虧得威順王和尚，陰結勇士，刺死孛羅，元廷少安。擴廓送太子還都，受封為河南王，總制諸道軍馬，代太子出師江南。不意關中四將軍，抗命不服，四將軍為誰？一名李思齊，一名張良弼，一名孔興，一名脫列伯，彼此聯盟，推李思齊為盟主，拒絕擴廓。擴廓怒不可遏，竟轉旆西趨，與李思齊等力爭，兩下相持經年，元廷屢遣使和解，各不奉詔。尋順帝復特別賜諭，令擴廓專事江淮，擴廓必欲略定關中，然後南下，於是順帝不悅。太子還都時，密謀內禪，與擴廓商議未協，亦懷隱恨。父子同忌擴廓，乃削他官職，奪他兵權，並由太子總統諸軍，專備擴廓。看官！你想擴廓英年好勝，哪裡肯受此屈辱，卸甲歸田呢？當下占據太原，抗命不臣。順帝正擬調兵進討，哪知應天一方面，已命徐達為征虜大將軍，常遇春為副將軍，率師二十五萬，北向進行，追溯前事，簡而不陋。並馳檄齊、魯、河、洛、燕、薊、秦、晉間，其文道：

自宋祚傾移，元主中國，此豈人力？實乃天授。自是以後，元之臣子，不遵祖訓，廢壞綱常，有如大德廢長立幼，泰定以臣弒君，天歷以弟鴆兄，至於弟收兄妻，子烝父妾，上下相習，恬不為怪。夫君人者斯民之主，朝廷者天下之本，禮義者御世之防，其所為如彼，豈可為訓於天下？及其後世，荒淫失道，加以宰相擅權，憲台報怨，有司毒虐，於是人心離叛，天下兵起。使我中國之民，死者肝腦塗地，生者骨肉不保，雖因人事所致，實天厭其德而棄之也。當此之時，天運循環。億兆之中，當降生聖人，立綱陳紀，救濟斯民，今一紀於茲，未聞有濟世安民者，徒使爾等戰戰兢兢，處於朝秦暮楚之地，誠可矜憫！方今河、洛、關、陝，雖有數雄，阻兵據險，互相吞噬，皆非人民之主也。

予本淮右布衣，因天下亂，為眾所推，率師渡江，居金陵形勢之地，得長江天塹之險，今十有三年。西抵巴蜀，東連滄海，南控閩、越，湖、湘、漢、沔、兩淮、徐、邳，皆入版圖，奄及南方，盡為我有，民稍安，食稍足，兵稍精，控弦執矢，日視我中原之民，久無所主，深用疚心。予恭承天命，罔敢自安，方欲遣兵北伐，拯生民於塗炭，復漢官之威儀，慮人民未知，反為我仇，挈家北走，陷溺尤深。故先諭告，兵至民人勿避！予號令嚴肅，無秋毫之犯，爾民其聽之！

先是吳王元璋與諸將籌議北伐事宜，常遇春謂當直搗元都，吳王不以為然，謂宜先取山東，繼入河南，進拔潼關，然後往攻元都，令他勢孤援絕，自然易下。再西向雲中、太原，進及關、隴，以期統一。戕其手足，方及元首，的是勝算（下文進兵次序，俱括在內）。於是諸將稱善，即由徐達、常遇春統著重兵，由淮入河，向山東出發。達等去訖，又命湯和為征南將軍，吳楨為副，率常州、長興、宜興、江淮諸軍，討方國珍，胡廷美亦為征南將軍（廷美即廷瑞，見第九回。因避元璋字，故改瑞為美），何文輝為副，率師攻閩，平章楊璟，左丞周德興、張彬，率武昌、荊州、潭、嶽等衛軍，由湖廣進取廣西，從兩路中分出四路。小子不能並敘，只好依著戰勝的次序，陸續寫來。

方國珍自通好應天，嘗遣使貢獻方物，及吳王元璋與陳友諒、張士誠相角逐，他復乘隙略地，據有瀕海諸郡縣，吳王遣博士夏煜、楊憲往諭國珍，國珍答語，多半支吾。吳王恨他反覆，進兵溫州，國珍又使人謝過，且詭稱俟克杭州，便當納土。至杭州已平，國珍據土如故，吳王乃致書責問，並徵貢糧二十萬石，國珍置之不理。已而湯和、吳楨奉命南征，用舟師出紹興，乘潮夜入曹娥江，夷壩通道，直至餘姚，守吏李樞降，分兵攻上虞，亦不戰而服，遂進圍慶元。國珍方治兵守城，誰意院判徐善，已率父老，開城納款，害得國珍孤掌難鳴，不得已帶領餘眾，浮海而去。

如此無用，何必倔強。湯和遂分徇定海、慈溪等縣，得軍士三千人，戰船六十艘，銀六千九百餘錠，糧三十五萬四千六百石，正擬航海追討，聞吳王又遣廖永忠，自海道南來，遂出師與會，夾攻國珍。國珍遁匿海島，尚望台、溫二路，未盡淪陷，借為後援，乃迭接警耗，台、溫諸地，也被吳王麾下朱亮祖，次第奪去。弟國瑛，子明完，俱赤著雙手，遁入海來。至是窮蹙無策，怎禁得湯和、廖永忠的人馬，又復兩路殺到，彷彿攪海龍一般，氣勢甚銳，那時欲守無險，欲戰無兵，惶急得什麼相似。幸湯將軍網開一面，遣人齎書招降，乃令郎中承廣，員外郎陳永，偕至軍前，獻上銅印銀印二十六方，銀一萬兩，錢二千緡，又令子明完奉表稱臣。其詞云：

臣聞天無不覆，地無不載，王者體天法地，於人亦無所不容。臣荷主上覆載之德舊矣，不敢自絕於天地，故一陳愚衷。臣本庸才，遭時多故，起身海島，非有父兄相借之力，又非有帝制自為之心。方主上霆擊電掣，至於婺州，臣愚即遣子入侍，固已知主上有今日矣。將以依日月之末光，望雨露之餘潤，而主上推誠布公，俾守鄉郡，如故吳越事。臣遵奉條約，不敢妄生節目，子姪不戒，潛構釁端，猥勞問罪之師，私心戰兢，用是令守者出迎，然而未免浮海，何也？孝子之於親，小杖則受，大杖則走，臣之情事，正與此類。即欲面縛，待罪闕廷，復恐嬰斧鉞之誅，使天下後世，不知臣得罪之深，將謂主上不能容臣，豈不累天地大德哉？迫切陳詞，伏唯矜鑑！

吳王元璋本怒國珍狡詐，意欲聲罪加戮，及覽表，見他詞旨淒惋，情緒哀切，錄表之意在此，然亦無非喜諛耳。不覺轉怒為憐道：「方氏未嘗無人，我亦何必苛求？」隨即賜覆書道：「我當以投誠為誠，不以前過為過，汝勿自疑，幸即來見！」國珍得書，乃率部屬謁湯和營，和送國珍等至應天。吳王御殿升座，由國珍行禮畢，即面責道：「汝何為反覆，勞我戎師？今日來謁，毋乃太遲！」國珍頓首謝罪。虧他忍耐。吳王又問前日呈表，出自何人手筆？國珍答系幕下士詹鼎所草。吳王點首，遂命詹鼎為詞臣，其餘盡徙濠州，浙東悉平。後來吳王即真，厚遇國珍，賜第京師，又官他二子，國珍竟得善終，這是後話不題（國珍了）。

且說湯和等既克國珍，遂由海道赴閩，接應胡廷美軍。閩地為陳友定所據，友定福清人，起自驛卒，事元平寇，屢著功績，元授為福建行省平章政事，嘗遣兵侵處州，為參軍胡深所敗。深進拔松溪，獲守將陳子玉，入攻建寧，為友定將阮德柔所襲，馬蹶被擒。友定頗加優禮，嗣為元使所迫，遂殺深。深有文武才，守處州五年，威惠甚著，及被執，天象告變，日中現黑子，劉基謂東南當失大將，已而果驗。吳王聞報震悼，飭使賜祭，追封縉雲郡伯（不沒胡深，所以敘入）。及胡廷美、何文輝等率兵南下，由江西趨杉關，先遣使赴延平，招降友定。友定怒殺使人，瀝血酒中，與眾酌飲，誓死不降。廷美聞知，督眾猛進，陷光澤，克邵武，下建陽，直逼建寧。友定簡選精銳，往守延平，留平章曲出，同僉賴正孫，副樞謝英輔，院判鄧益等，以眾二萬守福州。湯和、吳楨、廖永忠等，揚帆出海，不數日，掩至福州五虎門，駐師南台。守將曲出等，領眾出南門拒戰，為湯和部將謝得成等擊敗，退入城中。湯和遂率兵圍城，攻至黃昏，接著守將袁仁降書，願開門納師，以翌晨為約。待至黎明，果然南門大啟，乘機擁入，曲出、賴正孫、謝英輔等皆遁去，鄧益戰死，參軍尹克仁，赴水自盡，僉院伯鐵木兒，殺妻妾及兩女，縱火焚屍，復拔劍自刎。和入城後，撫輯軍民，獲馬六百餘匹，海船一百五艘，糧十九萬餘石，分兵略興化及莆田等十三縣，一律平定，遂鼓行而西。

適胡廷美、何文輝等，已克建寧，降守將達里麻及翟也先不花等，亦鼓行而南。兩軍相距，不過百里，延平大震，陳友定督師出城，遇湯和等馳至，一陣廝殺，友定軍敗退，湯和進薄城下，城中守將，復請出戰。友定道：「彼軍遠來，銳氣方張，我若與戰，徒傷吏士，不如以山為墉，以壑為塹，蓄利器，飽士馬，與他久持，看他如何勝我？」計非不善，但如公太褊急何？諸將乃唯唯聽命。友定率諸將登城，日夜勒吏士擊刁斗，披甲兀立，不得更番休息，亦不得交頭接耳，違令立斬。於是兵吏多有怨聲，部將蕭院判、劉守仁，偶有違言，友定大怒，殺蕭院判，奪守仁兵，守仁縋城出降，士卒亦多遁去。會軍器局被火，城中炮聲震地，湯和等知有內變，蟻附上城，城遂破。友定呼謝英輔等，入與永訣道：「公等自為計，我當為大元死，誓不降敵。」英輔含涕而出，與魯達花赤（官名見上）白哈麻，著了朝服，自經而死。友定坐省堂，仰藥自盡。賴正孫等出降。湯和等既入城，撫視友定，尚有微溫，遂令人將他舁出，至水東門外，天大雷雨，友定復甦。其子名海，自將樂馳謁軍門，願與父共死，遂由湯和遣使，把他父子並解應天。吳王面詰道：「元室將亡，你為誰守？你害我胡將軍，又殺我使人，凶暴太甚，今被擒至此，尚有何說？」友定厲聲道：「要殺便殺，何必多言？」吳王乃命衛士，將他父子牽出，梟首市曹。小子有詩贊友定道：

王師南下奮貔貅，大將成擒八閩休。
父既捐軀兒亦死，忠臣孝子足千秋。

友定既死，汀、泉、漳、潮諸郡，相繼歸降，閩地悉平。閩事亦了。還有楊璟一路偏師，俟至下回交代。

張士誠之死，與陳友定之死，死等耳，而士誠不能為義士，友定恰可為忠臣。士誠始叛元，繼復降元，又繼復叛元，反覆無常，一盜竊所為，被虜不食，自經而死，何足道乎？友定則始終事元，至於兵敗身虜，誓死不降，應天入對之言，尚凜凜有生氣，謂非忠臣不得也。若方國珍之束手歸降，乞憐金陵，以視士誠且不若，遑論友定？篇中依事敘述，各具身分，至插入北伐一段，敘及元朝諸將，寥寥數語，亦寓抑揚。閱者於詞旨中窺之，皮裡陽秋，昭然若揭矣。

第十四回　四海歸心誕登帝位　三軍效命直搗元都

卻說楊璟、周德興、張彬等，自湖廣出師，南達永州，守將鄧祖勝拒戰，當即敗退，元全州平章阿思蘭赴援，亦被擊走。祖勝斂兵固守，璟分營築壘，就西江造了浮橋，渡兵攻城。計歷數旬，城中食盡，祖勝仰藥死，永州遂下。復由周德興、張彬移攻全州，平章阿思蘭遁去，全州亦陷。時廖永忠等已平閩地，奉吳王命，會同贛州指揮使陸仲亨，進掠廣東，元左丞何真，遣都事劉克佐，繳上印章，並籍所部郡縣戶口，甲兵錢谷，奉表歸附。吳王聞報，稱他保境息民，令永忠好生看待，視作漢竇融、唐李一般，且特令乘傳入朝。永忠至東莞，何真出迎，永忠即傳著主命，待以殊禮，遣使與偕，同赴應天，自率兵進廣州。元參政邵宗愚詐獻降書，被永忠察覺，乘夜往襲，擒住宗愚，立命斬訖。嗣復會集朱亮祖軍，徑入梧州，擊死元吏部尚書普顏帖木兒，進次藤州，守將吳鏞出降。亮祖復分兵西進，所向皆捷，連破潯桂郁林。元海南海北道元帥羅福等，及海南分府元帥陳乾富等，均望風納款，情願輸誠。只楊璟、周德興、張彬等，自永州進攻靖江，數旬不下。朱亮祖亦領兵往會，各駐象鼻山下，四面圍攻，仍然未克。楊璟憤極，令將西江濠水，一律放乾，從濠中築起土堤，通城北門，然後誓師猛撲，一鼓登城。唯內城兀守如故，元平章也兒吉尼，驅兵出戰，大敗而回。萬戶皮彥高、楊天壽被楊璟部將胡海擒住，璟優待彥高，命至城下招降。城中總制張榮與彥高善遂用書系矢，射入璟營，約以是夜出降。俟至二鼓，榮又遣使裴觀縋城出見，楊璟即給白皮帽百餘，俾作標識，以免誤殺。裴觀還城，即於四鼓後啟賓賢門，納楊璟軍。元平章也兒吉尼走投無路，竄至伏波門，適遇朱亮祖等殺入，略一交手，便被擒去。先是張彬攻城，為守將所詬，彬大憤，至是入城，欲將兵民一概屠戮，虧得楊璟下令，不准妄殺一人，彬無可如何，只得罷手，歸美楊璟，意在尚仁。眾心乃安。嗣是移師郴州，降兩江土官黃英、岑巴延等，廖永忠亦遣指揮耿天璧，攻破賓州、象州，元平章阿思蘭，偕子僧保，齎印歸誠。兩廣大定，楊璟等振旅而還，是年為元順帝至正二十八年，即明太祖洪武元年。特別點醒，晝分朝代。

自方國珍降順後，李善長等復奉表勸進，吳王不允，表至三上，乃命具儀以聞。李善長等便參酌成制，定了一篇宜古宜今的大禮，呈上吳王察閱。吳王略加損益，乃由太史令劉基，擇定吉日，准於戊申年正月四日即皇帝位，國號明，改元洪武。先期三日，築壇南郊，一應禮儀俱備。吳王覆命群臣，齋戒沐浴，至期同赴南郊，先祭天地，次及日月星辰、風雲雨雷、五嶽四瀆、名山大川諸神。壇下鼓樂齊奏，壇上香菸繚繞，當由吳王親自登壇，行祭告禮。旁立太史令劉基，代讀祝文道：

洪武元年歲次戊申，正月壬申朔，越四日乙亥，天下大元帥皇帝臣朱元璋，敢昭告於皇天后土，日月星辰，風雲雷雨，天神地只之靈曰：

天地之威，加於四海，日月之明，昭於八方，雲雷之勢，萬物咸生，雨露之恩，萬民咸仰。伏以上天生民，俾以司牧，是以聖賢相承，繼天立極，撫臨億兆。堯舜相禪，湯武吊伐，行雖不同，受命則一。今胡元亂世，宇宙昏濛，四海有蜂蠆之憂，八方有蛇蠍之禍。群雄並起，使山河瓜分，寇盜齊生，致乾坤棄滅。臣生於淮河，起自濠梁，提三尺以聚英雄，統萬民而救困苦。託天之德，驅一隊以破肆毒之東吳，仗天之威，連千艘以誅梟雄之北漢。因蒼生無主，為群臣所推，臣承天之基，即帝之位，恭為天吏，以治萬民。今改元洪武，國號大明，仰仗明威，掃盡中原，肅清華夏，使乾坤一統，萬姓咸寧。沐浴虔誠，齊心仰告，專祈協贊，永荷洪庥。尚饗！

祝畢，吳王率群臣拜跪如儀。是日天宇澄清，風和景霽，氤氳香霧，飄渺祥輝，與連朝雨雪，陰霾的氣象，迥不相同。人人說是景運休徵，昇平豫兆。冠冕堂皇。祭畢下壇，李善長率文武百官，都城父老，揚塵舞蹈，山呼萬歲。五拜三叩首畢，吳王引世子及諸王子，文武群臣，祭告宗廟。追尊高祖考曰玄皇帝，廟號「德祖」。尊祖考曰恆皇帝，廟號「懿祖」。祖考曰裕皇帝，廟號「熙祖」。皇考曰淳皇帝，廟號「仁祖」。妣皆皇后。禮成返蹕，升殿受群臣朝賀，並命劉基奉冊寶，立妃馬氏為皇后，世子標為皇太子，仍以李善長、徐達為左右丞相，劉基為御史中丞兼太史令。諸功臣皆進爵有差。自是明室肇基，帝位已定，史家稱他為明太祖，小子也要改稱了。

太祖罷朝還宮，語馬后道：「朕起自布衣，得登帝位，外恃功臣，內恃賢后，每憶從前與郭氏同居，備嘗艱苦，若非皇后從中調停，日貯糗糒脯修等物，濟朕匱乏，朕亦安有今日？蕪蔞豆粥，滹沱麥飯，時記於心，永久不忘。他如為朕司書，為朕隨軍，為朕親緝甲士衣鞋，種種勞苦，不勝列舉。古稱家有良婦，猶國有良相，今得賢惠如后，朕益信古語不虛了。」不忘賢后，固所宜然。較諸唐明皇之長生殿，情景不同。馬后道：「妾聞夫婦相保易，君臣相保難，陛下不忘妾同貧賤，願無忘群臣同艱難。」後來明太祖薄待功臣，已為馬后瞧破。太祖道：「唐有長孫皇后，嘗諫太宗不忘魏徵，卿亦可謂媲美古人呢。」馬后道：「妾何敢上比古人。」太祖道：「卿無父母，尚有宗族，朕當訪召入朝，悉加爵秩，何如？」馬后叩謝道：「爵祿所以待賢，不應私給外家，妾願陛下慎惜名器，勿徇私恩！」至理名言。太祖點首。

是夕無事，越宿視朝，頒即位詔於天下，追封皇伯考以下皆為王，又封后父馬公為徐王，后母鄭媼為王夫人，修墓置廟，四時致祭。越月丁祭，祀先師孔子於國學，用太牢。又越數日，詔衣冠悉如唐制，令群臣修女誡，戒后妃毋預政，徵天下賢才為守令，命四方毋得妄獻。所有興利除弊諸事宜，次第增損，筆難盡述。

且說徐達、常遇春等，引兵入山東，至沂州，致書義兵都元帥王宣，諭令速降。王宣揚州人，曾為司農掾，治河有功，命為招討使。尋從元平章也速復徐州，授為都元帥。宣子名信，亦隨察罕帖木兒破田豐，以功敘官，令與乃父同鎮沂州。信得達書，一面遣使犒軍，一面奉表應天。太祖即命徐唐臣至沂州，授信江淮平章政事，令從大將軍徐達北征。哪知王信意在緩兵，並不是真心降順。他卻密往莒、密募兵，擬來襲擊明師。至唐臣到後，信尚未返，宣乃佯為迎入，使居客館，夜間調兵興甲，為劫使計。幸虧唐臣預先防備，易裝走脫，潛入達軍，達即命都督馮勝（即馮國勝），率師急攻，勝開壩放水，灌入城中，宣料不能支，乃開門迎降。達令宣作書招信，遣鎮撫孫唯德馳往，反為所殺。於是達責宣反覆，將他梟首，王信走山西。嶧州趙鑾子，莒州周黼，海州馬驪，及沭陽、日照、贛榆諸縣，俱相率來降。轉攻益都路，元宣慰使普顏不花，力戰不支，與母妻訣別，出城鏖鬥，卒為明軍所擒，不屈被殺。元總管胡濬，知院張俊，皆自盡。普顏不花妻阿魯真，亦抱了子女，同入井中。夫死忠，妻死節，元季人物，應首屈一指了。闡揚忠義。由是下東平，降東阿，拔濟南，陷濟寧，取萊陽，各路守將，不是聞風遁去，便是解甲投降。太祖又遣湯和修造海舟，接濟北征軍餉，並命康茂才再率萬人，援應北征軍，兵多糧足，威焰尤盛。常遇春分兵克東昌，元平章申榮自縊，徐達引兵徇樂安，元郎中張仲毅投誠。山東全境，盡為明有。

達乃移軍入河南，與遇春會師並進。湖廣行省平章鄧愈，亦受命為征戍將軍，率襄、漢軍略南陽，遙應達軍。達克永城、歸德、許州，直入陳橋，元汴梁守將李克彝，聯繫左君弼、竹昌等，互為犄角，力抗明師。左君弼本廬州盜魁（應第五回），受元廷招撫，駐兵河南，李克彝令守陳州，聲勢頗也不弱。太祖聞知，拘住君弼母妻。一面遣使致書道：

曩者兵連禍結，非一人之失，予勞師暑月，與足下從事，足下乃舍其親而奔異國，是皆輕信群下之言，以至於此。今足下奉異國之命，與予接壤，若欲興師侵境，其中輕重，自可量也。且予之國乃足下父母之國，合肥乃足下邱隴之鄉，天下兵興，豪傑並起，豈唯乘時以就功名？亦欲保全父母妻子於亂世。足下以身為質，而求安於人，既已失策，復使垂白之母，糟糠之妻，天各一方，以日為歲，足下縱不以妻子為念，何忍忘情於父母哉？功名富貴，可以再圖，生身之親，不可復得。足下能留意，盍幡然而來？予當棄前非，待以至誠，絕不食言！

君弼得書未報，太祖又特遣使臣，送君弼母歸陳州，母子相見，免不得有一番談話。況明太祖雖拘他母妻，仍舊以禮相待，他母到了陳州，自然據實曉諭，就使君弼素性驍鷙，至是也感激流涕，便邀同竹昌，率所部詣徐達營，情願歸降。這是太祖權術動人。李克彝失了犄角，孤立無助，頓時棄城西走，徐達遂安安穩穩的收了汴梁城，留僉事陳德居守，自率步騎入虎牢關。至河南塔兒灣，元將脫目帖木兒，領兵五萬，在洛水北岸列陣，旗幟整齊，刀矛森峙。常遇春怒馬當先，左手執弓矢，右手執長槍，突入敵陣。敵軍二十餘騎，各執長戟，來刺遇春，遇春彎弓射箭，喝一聲著，將他前鋒射斃，餘騎倒退。遇春麾動大軍，奮力掩擊，殺得敵軍七零八落，東倒西歪。脫目帖木兒竄去，達遂進薄河南城下。元河南行省平章梁王阿魯溫，顧命要緊，也不管什麼氣節，只好送款軍門，開城迎降。蒙族臣子，理應與城存亡，乃望風崩角，無乃非忠。筆誅之以聲其罪。嵩、陝、陳、汝諸州，次第平定。

明太祖聞河南已平，乃親至汴梁，會大將軍徐達，謀取元都。達與遇春等，俱至行在謁見，由太祖慰勞畢，便議進取元都的計畫。徐達道：「臣自平齊、魯，下河、洛，王保保（即擴廓帖木兒，詳見上，後仿此）逡巡太原，觀望不進，張良弼、李思齊等，局促西陲，毫無遠略，元都聲援已絕，就此進兵，必克無疑。」太祖攜圖指示道：「卿言固是，唯北土平曠，騎戰為先，今宜先選驍將，作為先鋒，將軍率水陸兩軍，作為後應，發山東粟米，充給饋餉，由秦趨趙，轉臨清而北，直搗元都，那時絕他外援，自然內潰，都城可不戰即下了。」又語馮勝道：「卿可發兵往取潼關，潼關得手，勿遽西進，且選將守關，阻他出來，爾即回汴梁，聲應大將軍，毋得有誤！」達與勝受命而出。勝即日出師，往攻潼關，元將李思齊、張良弼，已率師分遁關外，勝未至關，先遣健卒夜攜火具，潛至良弼營前，放起一把火來，燒得營帳通紅。良弼自夢中驚起，總道敵兵潛來劫營，立飭各兵披甲上馬，出營迎戰，誰知殺了一場，統是自家人馬，連忙收兵，已傷亡了數百名，自知立營不住，退入關內。李思齊聞這消息，也驚慌起來，即移軍葫蘆灘。此之謂勇於私鬥，怯於公戰。兩軍遷移未定，那馮勝已率兵掩去，殺進潼關。思齊棄輜重，走鳳翔，良弼也遁入鄜城去了。馮勝入關，引兵西至華州，守將多遁去。勝因奉太祖命，不得不中道輟回，調指揮于光、金興旺等留守，自率軍還汴梁。

太祖聞潼關得手，北伐軍已無後慮，乃自回應天，命徐達等進取元都，以毋妄殺人為約。達遂檄都督同知張興祖，平章韓政，都督副使孫興祖，指揮高顯等，調集益都、濟寧、徐州諸軍，會集東昌，規定計畫，分道徇河北地，連下衛輝、彰德、廣平，進次臨清，獲元將李寶臣，都事張處仁，用為嚮導。使傅友德帶著輕兵，開陸路，通步騎，顧時浚河通舟師，水陸並進，直抵長蘆，元守將左僉院遁去。達分兵下德州、青州，復會師進達直沽，得海舟七艘，用架浮橋，借通人馬。常遇春、張興祖等各率舟師沿河而進，步騎遵陸而前，元丞相也速防禦海口，未曾交戰，部眾先奔，也速也只好遁去。達又進兵通州，立營河東岸，遇春立營河西岸，諸將欲乘銳攻城，指揮郭英進言道：「我師遠來，敵軍居守，勞逸相殊，不宜急攻。何若乘其不意，掩擊為是。」翌晨，天忽大霧，四面陰霾，英用千人伏道旁，自率精騎三千，直抵城下。元知樞密院事卜顏帖木兒，率敢死士萬餘名，張兩翼而出。英與戰數合，佯作敗走狀，卜顏帖木兒率兵來追，中途遇伏，被他截作兩橛。郭英又轉身殺來，卜顏帖木兒猝不及防，由英挺手中槍，刺墜馬下，當經英軍縛住，牽了過去。元軍沒了主帥，哪個還敢爭鋒，頓時大潰。英乘勝追殺，斬首數千級。及收兵回來，統帥徐達，已引兵入城，擒住的卜顏帖木兒已梟首懸竿，號令軍前。休息三日，復出師進搗元都，不意元順帝已先出走，只有淮王帖木兒不花，及左丞相慶童等，尚是留著。小子有詩嘆元順帝道：

彼昏日甚太無知，都下淪胥悔已遲。
爭說蒙兒好身手，昔何強盛後何衰。

未知元都如何被陷，容至下回續詳。

南方戡定，而明祖稱帝，天道後起者勝，誠非虛言。且有史以來，得國之正，首漢高，次明祖，漢高時尚有呂后，不無遺憾，明祖則得耦馬氏，聿著徽音。終明之世，無宮壼濁亂事，殆較漢代而上之矣。本回插入馬后一段，所以表揚婦德，不敢沒美也。至如徐達之北征，皆由廟算所定，告捷成功，事事不出明祖之所料，有明祖之雄才大略，始能撥亂世，反之正，且始終以不嗜殺人為本，其卒成大業，傳世永久也宜哉！若元順帝之致亡，吾無譏焉。

第十五回　襲太原元擴廓中計　略臨洮李思齊出降

卻說元順帝聞通州被陷，惶急異常，亟御清寧殿，集三宮后妃，及太子愛猷識理達臘，準備北行。左丞相失烈門，及知樞密院事黑厮，宦官伯顏不花進諫道：「陛下宜固守京都，臣等願募集兵民，出城拒戰。」順帝道：「孛羅擴廓，屢次構亂，京中守備，空虛已久，如何可守？」伯顏不花大慟道：「天下是世祖的天下，陛下當以死守，奈何輕去？」順帝道：「今日豈可復作徽、欽？朕志已決，毋庸多言！」伯顏不花再三泣諫，順帝拂袖還宮。到了黃昏，召淮王帖木兒不花，及丞相慶童入內，囑令淮王監國，慶童為輔。兩人受命趨出，遂於夜半三鼓，開建德門，挈后妃太子北去。徐達率著明師，進薄齊化門，將士填濠登城而入，達亦上齊化門樓，擒住元淮王帖木兒不花及左丞相慶童、平章迭兒必失樸賽不花、右丞相張康伯、御史中丞滿川等，勸令歸降，皆不從，一律處斬，宦官伯顏不花先已自盡，元宣府鎮南威順諸王子六人亦為明軍所擒。達遂封府庫圖籍寶物，用兵守故宮殿門，不准侵入。宮人妃主，令原有宦侍護視。號令士卒，秋毫無犯，人民安堵，市肆不移。於是遣將赴應天告捷，一面命薛顯、傅友德、曹良臣、顧時等，率兵分巡古北諸隘口，一面令華雲龍經理故元都，增築城垣，專待太祖巡幸。是段為元亡之結束。

太祖聞報，下詔褒獎北征軍，且以應天為南京，開封為北京，並訂定六部官制，各設尚書侍郎等官。先是明初官制，略仿元代，立中書省，總天下吏治。置大都督府，統天下兵政。設御史台，肅朝廷綱紀。至是改立六部，定為吏、戶、禮、兵、刑、工等名目。後來胡唯庸伏法，復罷中書省，廢丞相等官，以尚書任天下事，侍郎為副。復分大都督府為五軍都督府，統屬兵部節制，權力遠不如前。並增設都察院，統轄台官，這是後話慢表（敘述明初官制，以便閱者考核）。

且說太祖以元都既定，啟蹕北巡，留李善長與劉基居守，自率文武百官，渡江北行。雨師灑道，風伯清塵，遙望六龍，相率額手。沿途所經，蠲免逋賦。既至北京，御奉天門，召元室故臣，詢問元政得失。故臣中有一文吏，姓馬名昱，頓首道：「元得國以寬，失國亦以寬。」太祖道：「朕聞以寬得國，不聞以寬失國。元季君臣，日就淫佚，馴至淪亡，是所失在縱弛，並非由過寬所致。聖王行政，寬亦有制，不以廢事為寬；簡亦有節，不以慢易為簡。總教施行適當，自可無弊。」馬昱之言，不能無失，明祖之言，恐亦未能實踐。馬昱慚謝而退。太祖又令放元宮人，免致怨曠。此外一切布置，概如徐達所定。當下命徐達、常遇春出師取山西，副將軍馮勝，偏將軍湯和，平章楊璟，隨軍調遣，太祖自還南京。

達受命西征，分道並進。常遇春攻下保定、中山、真定等處，馮勝、湯和、楊璟等，下懷慶，越太行，取澤潞，將逼太原。元將擴廓帖木兒，遣麾下楊札兒，來攻澤州，與楊璟、張彬等相遇於韓家店。兩陣對圓，刀槍並舉。楊璟、張彬等藐視元軍，只道他沒甚能力，一鼓便可擊退，哪知楊札兒很是驍悍，部下又統經百戰，個個拚命爭先，戰了多時，非但擊不退元軍，反被他衝動陣勢，禁遏不住，只好一同敗下，一驕便敗。連忙稟報大將軍。大將軍徐達，調都督副使孫興祖，僉事華雲龍，出守北平，自率大軍趨太原。途次聞元順帝赦擴廓罪，還他原官，令出雁門關，由保全州經居庸關，來攻北平。當下集諸將會議，諸將或稟請回援，徐達道：「北平重地，有孫都督等扼守，定能抵敵得住，此次王保保全師遠出，太原必虛，我軍如乘他不備，直抵太原，傾他巢穴，他進無可戰，退無可依，在兵法上，所謂批吭擣虛的計策，就使他還救太原，已是不及，那時進退失利，必為我所擒了。」計議已定，遂引兵徑進。果然擴廓還兵自救，前鋒萬騎突至，差不多有排山倒海的聲勢。這邊傅友德、薛顯兩騎並出，指麾健卒，與他酣鬥一場，方才把他擊退。擴廓紮營城西，兵約數萬，郭英登高遙望，返報遇春道：「敵兵雖多，不甚整齊，立營雖大，不甚謹飭，請乘夜踹營，當可決勝。」遇春入語徐達，達亦以為然。正籌畫間，忽報擴廓營中，有密使齎書至此。當由達開緘覽畢，退入帳後，寫好覆書；遣使去訖。隨即升帳調兵，陸續出發。是夜天氣陰晴，薄雲四布，將及三鼓，郭英率精騎三百人，躡至敵營附近，一聲炮響，四面縱火，紅光炎炎，不殊曉日。遇春也統著大隊，鼓譟前進。敵營裡面，也有一隊人馬，吶喊出來。兩邊相見，並不廝殺，反傳了一聲暗號，引著明軍，撲向主營而去。故作疑陣。擴廓帖木兒方燃燭坐帳中，使兩童子捧書侍立，正擬接書展閱，忽聞營外喊殺連天，料知內外有變，急忙推案而起，連靴子都不及穿齊，赤著一腳，跑出帳外，跨上一匹劣馬，舉鞭亂敲，覓路北遁，手下只有十八騎隨去。遇春等殺入營帳，營中已紛紛潰亂，經遇春下令，降者免死，於是相率棄械，跪降馬前。共得兵四萬人，馬四萬匹。看官聽著！這擴廓也是有名大將，難道強敵在前，全不防備？況他至三鼓以後，尚燃燭看書，明明不是個糊塗人物，為何明軍劫營，慌急到這般情形呢？原來擴廓部下，有一將名豁鼻馬，默睹元運已終，明祚方盛，早有率眾歸降的意思，且聞徐達虛心下士，不殺降人，越覺投誠心亟，因此背了擴廓，暗中遞書徐達，願為內應。達即覆書相約，互通暗號，所以得手如此容易。敘明原因。擴廓既遁，太原自下，徐達又乘勢收大同，分遣馮勝等徇猗氏、平陽諸縣，擒元右丞賈成、李茂等，榆次、平遙、介休，以次攻克，山西悉平。

太祖接著捷報，心中愉快，自不消說。倏忽間已是洪武二年，太祖親定功臣位次，命在江寧西北雞籠山下，建立功臣廟，已死的功臣，設像崇祀，未死的虛著坐位，共得二十一人，以大將軍徐達為首。小子依史錄述如下：

徐達（字天德，濠州人。）常遇春（字伯仁，懷遠人。）李文忠（字思本，盱眙人，太祖甥。）鄧愈（虹人，初名友德。）湯和（字鼎臣，濠人。）沐英（字文英，定遠人，太祖養子。）胡大海（字通甫，虹人。）馮國用（勝之兄，定遠人。）趙德勝（濠人。）耿再成（字德甫，五河人。）華高（含山人。）丁德興（定遠人。）俞通海（字碧泉，濠人，徙於巢。）張德勝（字仁甫，合肥人。）吳良（定遠人，初名國興。）吳楨（良之弟，初名國寶。）曹良臣（安豐人）。康茂才（字壽卿，蘄人。）吳復（字伯起，合肥人。）茅成（定遠人。）孫興祖（濠人。）

未幾，又以廖永安、俞通海、張德勝、桑世傑、耿再成、胡大海、趙德勝七人，配享太廟，並因徐達攻破元都，得元十三朝實錄，乃詔修元史，命李善長為監修，宋濂、王禕為總裁，並徵隱士汪克寬、胡翰、陶凱、曾魯、高啟、趙汸等十六人為纂修，閱六月書成。唯順帝未有實錄，又遣使往訪遺事，於次年續修，不到幾月，也即告竣。後人謂史多簡率，不足徵信，這也不在話下。

且說徐達等既平山西，復奉命進圖關陝，關中諸將，已推李思齊為統帥，駐兵鳳翔。太祖嘗遣使諭降，思齊不報，至是因大軍將發，復貽書詔諭道：

前者遣使通問，至今未還，豈所使非人，忤足下而留之與？抑元使適至，不能隱而殺之？若然，亦事勢之常，大丈夫當磊磊落落，豈以小嫌介意哉？夫堅甲利兵，深溝高壘，必欲竭力抗我軍，不知竟欲何為？昔足下在秦中，兵衆地險，雖有張思道（即張良弼）專尚詐力，孔興等自為保守，擴廓以兵出沒其間，然皆非勍敵。足下不以此時圖秦自王，已失其機，今中原全為我有，向與足下為犄角者，皆披靡竄伏，足下以孤軍相持，徒傷物命，終無所益，厚德者豈為是哉？朕知足下鳳翔不守，則必深入沙漠以圖後舉，然非我族類，其心必異。倘中原之眾，以塞地荒涼，一旦變生肘腋，妻孥不能相保矣。且足下本汝南之英，祖宗墳墓所在，深思遠慮，獨不及此乎？誠能以信相許，幡然來歸，當以漢竇融之禮相報，否則非朕所知也。

思齊得書，頗有降意，獨思齊養子趙琦，不願降明，勸思齊西入吐蕃，思齊乃遲疑未決。明大將軍徐達，遂統兵入關，直搗奉元。張良弼正與孔興、脫列伯等，分駐鹿台，為奉元援，忽聞明將郭興，卷甲而來，不禁大懼，立即遁去。奉元守將哈麻圖，棄城走盩厔，為民兵所殺。元西台御史桑哥失里，郎中王可，檢討阿失不花，三原尹朱春，俱抗節自盡。時關中苦饑，達奉太祖命，每戶賑米二三石，民心大悅。遇春遂進攻鳳翔，李思齊從趙琦言，徑奔臨洮。遇春遂入鳳翔，徐達亦至，復會議進兵事宜。眾將獻議道：「李思齊現走臨洮，本應乘勝追殺，但張良弼尚據慶陽，良弼才智，不如思齊，慶陽地勢，不如臨洮，且先將慶陽奪來，再攻臨洮未遲。」徐達道：「諸君但知其一，不知其二。慶陽城險兵悍，未易猝拔，臨洮西通番戎，北界河湟，倘被思齊久踞，聯外固內，將來根深蒂結，為患非淺。今乘他初往，蹙以重兵，思齊不西走，只束手就縛罷了。臨洮既克，旁郡自不勞而下。」此謂避實擊虛。於是眾將稱善，即留湯和守營壘，指揮金興旺等守鳳翔，自率兵度隴克秦州，下寧遠，入鞏昌。遣馮勝攻臨洮，顧時、戴德攻蘭州。蘭州一攻即下，唯馮勝至臨洮，李思齊尚欲固守，不意趙琦起了歹心，私竊寶貨婦女，逃匿山谷間，思齊長嘆數聲，沒奈何舉城乞降。思齊尚如此，良弼更不足道，可見關中四將，俱不足恃。馮勝將思齊送至達營，達又命人送至南京，太祖卻也優禮相待，並命為江西行省左丞。思齊不之官，留居京師。太祖又傳諭軍前，除飭常遇春還備北平外，餘軍令盡隨大將軍往攻慶陽。且謂張良弼兄弟多詐，即或來降，亦宜小心處置，勿墮狡計！徐達受命即行，出蕭關，拔平涼。張良弼大懼，令弟良臣守慶陽，自奔寧夏。途次遇著擴廓軍，被他活捉而去。良臣聞警，遂以慶陽降明軍。徐達遣薛顯入城，慰諭軍民，良臣出迎道左，匍匐馬前，非常恭順。顯入城慰諭畢，出屯城外。虧有此著，然亦未始非徐達所授。良臣驍捷善戰，軍中號為小平章，他本欲誘顯入城，等到夜間，閉城劫殺，至顯屯兵城外，計不得逞，乃於夜間潛開城門，領兵殺出。顯率騎兵五千人，拚命抵拒，夜間昏黑莫辨，被良臣四面攢射，中了流矢，負創急奔，馳至達營。檢閱兵士，已傷亡了一半，又失去了指揮張煥。達語諸將道：「主上明見萬里，今日事出意外，果如所言。但良臣困守一隅，終取敗亡，我當與諸君共滅此獠！」諸將齊稱得令。於是俞通源出略西路，顧時出略北路，傅友德出略東路，陳德出略南路，達率諸將出中路，直趨慶陽，四面圍住。良臣出兵挑戰，被徐達麾軍奮擊，敗入城中，一面遣人至擴廓處求援。擴廓時在寧夏，遣將韓札兒攻陷原州，為慶陽聲援，達即遣馮勝出驛馬關，御韓札兒。驛馬關距慶陽三十里，馮勝馳至，聞韓札兒又陷涇州，忙星夜前進，途遇韓札兒軍，一鼓擊退，進至邠州，因札兒去遠，方還屯驛馬關。是時常遇春早至北平，偕偏將李文忠，驅兵北進，至錦州，擊敗元將江文清，入全寧，又敗元丞相也速，進攻大興州，守將又遁。一路馬不停蹄，徑達開平。元順帝自燕京出走，正在開平駐紮，聞明軍復至，又倉皇遁去。遇春追奔數十里，擒斬元宗王慶生，及平章鼎珠等，降將士萬人，得車萬輛，馬三千匹，牛五萬頭，薊北悉平，乃還軍。

遇春擬馳回慶陽，協攻張良臣，不防到了柳河州，竟遇暴疾，霎時間全體疼痛，連從前醫愈的箭創，也無端潰裂起來。那時自知不起，亟召李文忠入帳，囑託軍事，與他永訣。

正是：

北虜已熸臣力竭，西征未捷將星沉。

未知遇春性命如何，且至下回分解。

本回總旨，在敘擴廓、李思齊事。擴廓、李思齊，皆元室大將，一則駐兵太原，遇敵劫營，倉猝驚潰，一則稱長關中，聞敵即退，窮蹙乞降。始何其悍？終何其衰？得毋所謂強弩之末，不能穿魯縞者耶？張良弼輩，更出思齊下，良臣雖悍，困守慶陽，已同甕鱉。晉、冀下而秦、隴去，雖有魯陽，不克返戈。然原其禍始，莫非自離心離德之所致也。觀元室之所以亡，益知渙群之獲咎，觀明祖之所以興，益信師克之在和。

第十六回　納降誅叛西徼揚威　逐梟擒雛南京獻俘

卻說常遇春偶罹暴疾，將軍事囑託李文忠，復與諸將訣別，令聽文忠指揮，言訖即逝。壽僅四十歲。遇春沉鷙果敢，善撫士卒，陷陣摧鋒，未嘗少怯，雖未習書史，用兵卻暗與古合。自言能將十萬眾，橫行天下，所以軍中稱他為常十萬。大將軍徐達，年齒比遇春尚輕二歲，遇春為副，受命唯謹，尤為難得。太祖聞報，不勝悲悼，喪至龍江，用宋太宗喪趙普故事親往祭奠，賜葬山原，贈太保中書右丞相，追封開平王，謚「忠武」，配享太廟（明室功臣，首推徐、常，故於死事後，敘述較詳）。詔命李文忠代遇春職，趨會徐達師，助攻慶陽。文忠行至太原，由巡卒走報，元將脫列伯等，圍攻大同，文忠語左丞趙唯庸等道：「將在外，君命有所不受，總教有利於國，專擅何妨？目今大同被攻，正宜急救，若必稟命後行，豈不失機？」唯庸等皆以為然，遂由代郡出雁門，至馬邑，猝遇元平章劉帖木兒，率遊騎數千掩至，當即迎頭痛擊，殺敗敵眾，並將劉帖木兒，亦擒了過來。再進至白楊門，拿住黠寇四天王。因天色將晚，雨雪紛飛，乃擬擇地安營。營既下，下雪愈大，漫山皆白，文忠卻未敢休息，引著數騎，入山巡察。走了一轉，覺山前山後，雪地上似有行人蹤跡，便策馬回軍，麾眾前行五里，才阻水立寨。諸將莫名其妙，未免私議。文忠召諸將入帳道：「我看山上雪徑分明，定有伏兵出沒，前地立營，定多危險，今移駐此地，稍覺安穩。但亦須嚴裝待著，靜候號令，如有妄動等情，軍法具在，莫怪無情！」初任統帥，不得不先行曉諭。諸將唯唯聽命。果然到了夜半，敵兵大至，文忠下令營中，只准守，不准戰。至敵兵近前，見營門緊閉，吶喊了好幾次，並不見有接戰的兵馬，再擬上前衝突，哪知梆聲一發，炮矢如飛蝗般射來，敵兵隊裡的主帥，就是脫列伯，料知營中有備，麾兵漸退。未幾雞聲報曉，晨光熹微，文忠令將士蓐食秣馬，先發兩營挑戰。飭令奮鬥，不得少卻，自在營中靜待消息。脫列伯軍，正在晨炊，突見明軍到來，不遑朝餐，即上馬迎敵，自寅至辰，兩下相搏，未分勝負。探馬因元軍甚盛，恐眾寡不敵，屢來報知文忠，意欲請他援應，文忠仍夷然自若，並不發兵。胸有成竹。未幾日過巳牌，雪已初霽，澹澹的露著陽光，景色如繪。文忠陡然出帳，上馬先驅，引著兩翼大兵，馳入敵陣。至此才知妙計。元軍已有饑色，正在勉強支持，怎禁得一支生力軍，如泰山壓頂一般，包抄過來，此時欲戰無力，欲走無路，個個驚惶失措，就是這位脫列伯，也似啞子吃黃連，說不出的苦楚。方擬殺條血路，向北遁走，哪知文忠躍馬上前，一槍刺來，正中脫列伯馬首，頓時馬蹶前蹄，脫列伯隨馬僕地，明軍一擁而上，把脫列伯擒捉而去。餘眾見主將被擒，自然無心戀戰，紛紛下馬乞降。文忠命即停刃，收集降卒，約得萬餘，馬匹輜重，不計其數。當下返營，召入脫列伯，親為解縛，與他共食，脫列伯感激不置。後來被解至京，太祖亦命釋縛，賜他冠帶衣服，且語群臣道：「桀犬吠堯，各為其主，況朕不逮堯舜，何必復念前嫌？」自是脫列伯安居南京，以祿壽終。還有孔興一人，本與脫列伯偕攻大同，及脫列伯被擒，孔興走綏德，為部將所戕，攜首降明。元順帝時走和林，得此消息，不禁嘆息道：「天命已去，無可為矣。」不怨己而怨天，是為亡國之君。原來脫列伯等攻大同，本受元主命令，經此挫折，乃不敢再行南向，憂憂悶悶的過了一年，竟爾病逝，事見下文。

且說李文忠既定大同，擬馳赴慶陽，途中接到捷音，得知慶陽已下，乃稟請行止，靜待後命。這慶陽攻克的情形，小子也不能不表白一番。張良臣悍鷙絕倫，且有養子七人，各善用槍，人呼為七條槍。當時張良弼麾下，有一驍將綽號金牌張，為軍中冠，自有良臣七個養子，軍中又相語道：「不怕金牌張，只怕七條槍。」良臣恃此七人，所以不肯屈服。且因慶陽城高險，上有井泉，可以據守，又倚擴廓為聲援，賀宗哲、韓札兒為羽翼，姚暉、葛八為爪牙，滿望就此勝敵，徐圖恢復。徐達圍攻數月，恰也一時難下，唯每日鼓勵將士，嚴行攻守。良臣屢出突圍，東門被顧時擊卻，西門被馮勝殺退，遣人赴寧夏求援，又被明軍緝獲，弄到糧汲俱窮，兵民俱困，不得已登城乞降。徐達以他反覆無常，不肯應允。可憐良臣計窮力竭，援絕食空，甚至殺人煮汁，和泥為食，勉強充腹救死。姚暉等知事不濟，私下開門納降。達勒兵自北門進去，良臣與養子七人，已是餓憊不堪，無力再戰，沒奈何投入井中。達軍倒戟而出，縛至達前，由達數責罪狀，立命推出斬首。良臣父子八人，只好伸頸就戮。七條槍變作七條鬼了。先是元將賀宗哲陰援良臣，入寇鳳翔，金興旺死力抵禦，宗哲不能入，及慶陽已下，宗哲引退，徐達遣顧時、薛顯、傅友德等，往追不及，乃引軍還。誰意宗哲轉掠蘭州，警報迭至達營，又由達遣馮勝往擊，宗哲遁去，於是奏凱班師，留馮勝總制軍事。達南還後，擴廓乘虛襲蘭州，明指揮張溫，為蘭州守將，整兵迎戰，擴廓兵少卻，溫斂兵入城，擴廓復進兵合圍，繞城數匝。鞏昌守將于光，率兵往援，至馬蘭灘，遇伏馬躓被擒，至蘭州城下，令呼張溫出降。光大呼道：「我不幸被執，大兵即至，公等但堅守好了。」敵兵怒披光頰，遂遇害。城中守禦益固，馮勝亦發兵往援，擴廓知不能下，卷旆引去。太祖聞知，贈恤于光，擢張溫為都督僉事，一面下令北征，仍命徐達為大將軍，李文忠、鄧愈為左副將軍，馮勝、湯和為右副將軍，於洪武三年正月，禡纛出發。

臨行時，太祖問諸將道：「元主遲留塞外，王保保犯我蘭州，日夕圖逞，不滅不已。卿等出師，何處為先？」諸將道：「保保屢寇邊疆，無非因元主猶在，有心翊助，若我軍直取元主，保保自然失勢，可以不戰而降。」太祖道：「王保保方率兵寇邊，正應出師往討，若舍了保保，直取元主，是忽近圖遠，不能算作善策。朕意擬分兵兩道：一令大將軍自潼關出西安，直取王保保，一令左副將軍出居庸關，入沙漠，追襲元主，使他自救不暇，方可得勝。這就所謂一舉兩得呢！」諸將共稱妙計，遂各分道而行。

太祖又愛擴廓才，意欲招他來降，又遣李思齊持書往諭。思齊與擴廓有仇，太祖寧不知之？此時令往諭降，亦有借刀殺人之意。思齊不敢違命，硬著頭，出使寧夏。擴廓卻以禮相待，唯說及招降二字，獨毅然不答，尋遣騎士送思齊還，至塞下，語思齊道：「主帥有命，請留一物為別。」思齊道：「我遠來無所齎送，奈何？」騎士道：「珍玩財寶，我主帥並無所愛，但愛公一臂，幸乞相贈！」欲取思齊之臂，是嫉他不以臂助，擴廓之意如見。思齊知不可免，遂拔出佩劍，自砍左臂，臂斷血流，竟致暈倒。痛哉痛哉！騎士替他裹創，並敷以藥，至思齊甦醒，即抬起左臂，作別上馬去了。思齊負創歸來，見過太祖，不數日即報斃命。最不值得。徐達聞擴廓不肯受詔，兼程疾進，直抵安定。擴廓退屯車道峴，達遣左副將軍鄧愈，步步進逼，步步立柵。擴廓復退駐沈兒峪，兩軍隔溝立壘，一日數戰，彼此戒嚴。明左丞胡德濟（即大海子），紮營東南，時至夜半，突聞營外火起，倉猝不知所為，一營大亂，元軍乘勢殺入，虧得徐達自督親兵，前來相救，才將元軍殺退。原來擴廓夜遣千餘人，從間道逾溝，潛劫德濟營，德濟未及防備，幾致陷沒。至徐達出援後，立傳德濟入帳，責他怠弛，喝令左右將他綁下，並語諸將道：「德濟違律當斬，念他是功臣後裔，權寄頭顱，械送京師，請皇上自行發落便了。」言畢，又飭拿德濟部將，自趙指揮以下將校數人，統行推出營外，一律正法。真是軍令如山。諸將不敢請恕，大家瞠目伸舌，震悚異常。次日整眾出戰，全軍爭奮，片刻逾溝，擴廓尚未成陣，明軍早已殺到，亮晃晃的大刀，威稜稜的長槍，潑剌剌的硬箭，一齊都至，彷佛似電掣雷轟，無人敢當。元郯王、濟王，及國公閻思孝，平章韓札兒、虎林赤、嚴奉先、李景昌、察罕不花等，都紛紛落馬，被明軍生擒活捉，扛抬而去。擴廓知不能支，忙挈妻子數人，落荒遁去，慌忙中不及辨路，狂奔了一日夜，但聞流水聲潺潺不絕，立足細看，原來已是黃河沿岸，待要過河，恨無船隻，正躊躇間，只聽後面喊聲又起，不禁嘆道：「前阻大河，後有追兵，真天絕我了。」言未已，忽見上流有一段浮木，隨水漂來，長約數丈，大可十圍，不覺轉悲為喜，忙率妻子跨上浮木，將手中所持的方天戟，當了篙槳，飛搖而去。後面追趕的兵將，正是明都督郭英，望著河邊，寂無一人，只道他奔入寧夏，還是覓路窮追，及到寧夏相近，仍然杳無蹤跡，方才回軍。哪知擴廓帖木兒，已奔投和林去了。這場大戰，明軍獲得元將千餘人，士卒八萬餘人，馬萬餘匹，駱駝驢畜，亦差不多有二萬餘只，遂進克洮州，入連雲棧，攻下興元。鄧愈亦自臨洮進克河州。可見兵貴有律，亦貴作氣。唯都督孫興祖，率孤軍出五郎口，猝遇敵軍，力戰身死。奏報南京，由太祖追封為燕山侯。胡德濟械送至京，太祖念大海功勞，不忍加罪，立命釋放，只傳諭徐達道：「將軍欲效衛青不殺蘇建故事，難道不聞穰苴立誅莊賈麼？且將軍在軍中，執法如山，不妨立誅，今械送來京，朕且念他前功，不忍正法。自今以後，將軍休得姑息，輕縱法度！」太祖此言，仍以權術待人。達將此諭傳示軍中，將士益遵約束，不敢怠慢，這也不在話下。

且說李文忠出居庸關，降服興和，進兵察罕諾爾，擒元平章祝真，入駱駝山，擊走元太尉蠻子，平章沙不丁、朵兒只八剌等，乘勝搗開平。元平章上都罕等，驚得什麼相似，無可設法，只得把開平圖籍，雙手捧獻，乞降軍前，會聞元順帝病歿應昌，太子愛猷識理達臘嗣位，秩序未定，遂乘隙進兵，倍道往赴。元嗣主愛猷識理達臘迭接警報，哪裡還敢抵當？忙帶同嫡子買的里八剌，及后妃宮娥，諸王將相官屬數百人，開城出走，不防明軍前鋒已到，竟將他一班人眾，截作兩段。元將百家奴、胡天雄等，保著愛猷識理達臘拚命北走，剩下買的里八剌等，生生被明軍擒去。應昌沒有主子，自然被陷，李文忠率軍徑入，搜得宋、元玉璽、金寶玉冊、鎮圭、大圭、玉斧等物，並駝馬牛羊無算。又麾兵追元嗣主，直至北慶州，未及乃還。道出興州，遇元國公江文清，戰不數合，即將他擒住，降兵卒三萬多人，至紅羅山，又降楊思祖部眾萬餘人，當下遣使告捷，並押解買的里八剌等至南京。太祖臨朝，群臣稱賀，中書省臣楊憲，且請獻俘太廟，太祖道：「古時雖有獻俘的禮儀，但周武王代殷時，曾否有此制度？」楊憲道：「武王事已不可知，唐太宗時曾行此制。」太祖道：「唐太宗待王世充，原有此舉，若遇隋朝子孫，自不出此。況元主中國百年，朕與卿等父母，統賴他生養，后王不肖，乃致滅亡，何忍將他子孫，作為俘虜？」言畢，即令買的里八剌，以本服朝見。見畢，太祖溫言慰諭，賜他冠帶，封為崇禮侯，所虜妃嬪人等，只令入朝中宮，馬后也好生待遇。退出後，又由太祖賜第龍光山，畀他居住。元代子孫，得此優待，總算天幸。還有寶冊等物，令貯府庫，不必進呈。先是諸將克元都，得所有寶物，一律上獻。馬后語太祖道：

「元有是寶，乃不能守，大約帝王自有寶呢。」太祖笑道：「后意謂得賢為寶麼？」馬后拜謝道：「誠如陛下言！」好皇后。太祖記著，因命寶冊悉貯庫內，一面頒平朔漠詔於天下。閱數月，徐達、李文忠等，振旅入朝，至龍江，太祖親出郊勞，還都歡宴，不消細說。越二日，以武成告郊廟，令大都督府暨兵部，敘諸將功績。太祖自定次第，妥為處置，乃於洪武三年十一月丙申日，親御奉天殿，大封功臣，王公以下文武百官，分列兩階，只見御爐香裊，集萬道之祥光，旭日晨升，啟九天之閶闔。重睹漢官儀制，束帶峨冠，備聆盛世母音，敲金戛玉。讚揚語原不可少。群臣拜舞畢，即由丹陛傳下綸音，進封李善長為韓國公，徐達為魏國公，常茂（即遇春子）為鄭國公，李文忠為曹國公，鄧愈為衛國公，馮勝為宋國公，湯和以下皆封侯，共得二十八人，所有分封諸臣，悉賜誥命鐵券。善長、徐達等頓首拜謝，太祖即退朝。越數日，又封中書右丞汪廣洋為忠勤伯，御史中丞劉基為誠意伯，史稱太祖屢欲相基，且累擬進爵，基再三辭謝，所以基功不亞善長，善長封公，基只封伯，這是基所自願，並非太祖薄待。表明劉基謙德。小子有詩詠明初功臣道：

入朝拜爵作公侯，功到成時應重酬。
不是沙場經百戰，旗常安得姓名留。

太祖既封功臣，尚有一篇議論，表明開國情由，容小子下回再述。

關中四將，毫無智略，一經大敵，非降即死，此所謂亂事有餘，成事不足者也。張良臣降而復叛，力竭被殺，事雖未成，心尚可恕。王保保為將門子，乃前敗於太原，後敗於沈兒峪，屢蹶不振，孑身遠遁，明祖稱為奇男子，得毋為不虞之譽耶？元太子愛猷識理達臘，昔在燕都，好預軍事，以致瓦裂，嗣入應昌，未經迎敵，即已狂奔，嫡子被俘，母妻不保，是殆所謂景升之子豚犬耳？然尚得苟延殘喘，倖存宗祀者，得毋由元世祖之待遇宋裔，猶為盡禮，天特留之以示報歟？然明祖之封侯賜第，禁令獻俘，亦不可謂其非仁，宜乎其遺祚之長，不亞唐、宋也。

第十七回　降夏主蕩平巴蜀　擊元將轉戰朔方

卻說太祖封功臣後，又賜宴三日，宴畢，群臣入謝，太祖賜坐華蓋殿，與論開國原因，怡然道：「朕起鄉里，本圖自全，及渡江後，遍覽群雄，徒為民害，張士誠、陳友諒，尤為巨蠹，士誠恃富，以昏庸敗。友諒恃強，以鹵莽敗。朕獨無所恃，唯不嗜殺人，布信義，行節儉，與卿等同心共濟，初與二寇相持，士誠尤逼近，或謂宜先擊士誠，朕以友諒志驕，士誠器小，志驕必喜事，器小無遠圖，所以先攻友諒。鄱陽一役，士誠不能出姑蘇一步，為他援應。若使先攻士誠，姑蘇堅守，友諒必空國而來，那時恐腹背受敵了。至北定中原，先山東，次河、洛，兵及潼關，尚緩圖秦、隴，無非因王保保與關中四將，統是百戰餘生，未能遽下，且彼知情急，併力一隅，更不易定，所以突然返旆，北搗燕都。燕都既舉，然後西征張、李，使他望絕勢窮，不戰自克。唯王保保猶力抗不屈，確是梟悍，假使燕都未下，與他角力，恐至今尚未必決勝呢。」言畢大笑。躊躇滿志之言，但未嘗歸功諸臣，只自誇張智略，為功臣計，應早告退，寧必待兔死狗煮耶？群臣交口稱頌，毋庸細表。

唯大封功臣以前，尚有分封諸王一事，小子因前文順敘戰功，不便夾入，只好在此處補敘出來。標明次序，一筆不苟。原來太祖深意，擬懲宋、元孤立的弊端，欲仿行封建制度，元初亦分封諸王，太祖寧未聞之？乃審擇名城大都，預王諸子，待他年長，一律遣就藩封，作為封鎖。當時曾封子九人，從孫一人，俱為王爵，列表如下：

第二皇子樉為秦王，封西安。第三皇子棡為晉王，封太原。第四皇子棣（即成祖）為燕王，封北平。第五皇子為吳王，後改周王。封開封。第六皇子楨為楚王，封武昌。第七皇子榑為齊王，封青州。第八皇子梓為潭王，封長沙。第九子早殤。第十皇子檀為魯王，封兗州。從孫守謙（太祖兄子，文正子）為靖江王，封桂林。

所有制祿，親王歲萬石，置相傅官屬，護衛甲士，多至萬九千人，最少三千人。冕服車旗邸第，僅下天子一等，公侯不得抗禮，體制甚是隆重。後來尾大不掉，遂成燕王靖難的禍祟，這也是立法防弊，弊反愈多了。後文再表。列入此段，原為後文埋根。

且說洪武四年正月，點醒年月。下詔伐蜀，令中山侯湯和，為征西將軍，江夏侯周德興，德慶侯廖永忠為副，率舟師自瞿塘進。潁川侯傅友德為征虜前將軍，濟寧侯顧時為副，率步騎自秦、隴進。浩浩蕩蕩，往討明昇。這明昇是何等人物？前文未曾提及，此處不得不急為表明。先是徐壽輝部下，有隨州人明玉珍，身長八尺餘，目重瞳子，受壽輝命，屯守沔陽。嗣與元兵相搏，飛矢中右目，遂成獨隻眼。項羽重瞳，尚難成事，況一目已眇耶？後來入據重慶，奄有蜀地，至壽輝被弒，遂自稱隴蜀王。元至正二十二年事。未幾復稱帝，國號夏。僭號四年，未嘗遠略。既而病逝，子昇襲位。明軍克元都，昇亦致書稱賀。太祖遣使求大木，昇亦應命。尋復遣平章楊璟，往諭歸降，昇獨不從。璟歸，復貽昇書，曉諭禍福。其書云：

古之為國者，同力度德，同德度義，故能身家兩全，流譽無窮，反是者輒敗。足下幼沖，席先人業，據有巴、蜀，不諮至計，而聽群下之議，以瞿塘、劍閣之險，一夫負戈，萬人無如之何，此皆不達時變，以誤足下之言也。昔據蜀最盛者，莫如漢昭烈，且以諸葛武侯助之，綜核官守，訓練士卒，財用不足，皆取之南詔，然猶朝不謀夕，僅能自保。今足下疆埸，南不過播州，北不過漢中，以此準彼，相去萬萬。而欲借一隅之地，延命頃刻，可謂智乎？

我主上仁聖威武，神明響應，順附者無不加恩，負固者然後致討，以足下年幼，未忍加師，數使使諭意，復遣璟面諭禍福，所以待明氏者不淺，足下可不深念乎？且鄉者如陳、張之屬，竊據吳、楚，造舟塞江河，積糧過山岳，強將勁兵，自謂無敵，然鄱陽一戰，友諒授首，旋師東討，張氏面縛。此非人力，實天命也。足下視此何如？友諒子竄歸江夏，王師致伐，勢窮銜璧，主上宥其罪愆，剖符錫爵，恩榮之盛，天下所知。足下無彼之過，而能幡然覺悟，自求多福，則必享茅土之封，保先人之祀，世世不絕，豈不賢智矣哉？若必欲倔強一隅，假息頃刻，魚遊沸鼎，燕巢危幕，禍害將至，恬不自知，璟恐天兵一臨，凡今為足下謀者，他日或各自為身計，以取富貴，當此之時，老母弱子，將安所歸？禍福利害，瞭然可睹，唯足下圖之！

明昇得書，仍是不答。及明軍水陸進攻，蜀丞相戴壽，及平章吳友仁，定計設防，用鐵索為鏈，橫斷瞿塘峽口。又於峽內羊角山旁，亦鑿穿石壁，系以鐵鏈，架著飛橋，上載炮石，抵禦敵軍。此吳人故智耳，何足抵禦敵軍？湯和等率舟至峽，竟不得進。獨傅友德疾趨至峽，潛渡陳倉，即韓信暗渡陳倉之計。扳援山谷，晝夜行抵階州。守將丁世珍，猝不及防，棄城遁去。友德得了階州，又進拔文州、綿州，將渡漢江。適水漲不得渡，乃削木為牌，約數千張，書克階、文、綿日月，投漢水中，順流而下。蜀中拾牌視書，相率驚駭。戴壽聞報，忙與吳友仁還援，會同司寇向大亨，出御漢州。友德驅軍進攻，連戰皆捷。戴壽、向大亨敗走成都，吳友仁走保寧。時瞿塘守禦漸疏，明副將軍廖永忠，密遣健卒數百人，穿著青蓑衣，持糗糧水筒，並舁小舟，逾山度關。蜀山多草木，明軍躡跡潛行，多為草木所蔽；又因服色皆青，更不能辨，因此無人知曉。永忠料健卒已越關西，遂率舟師猛攻，各舟用鐵裹頭，中載火器，逆流而進。守將鄒興，盡銳來拒，永忠令軍士奮力上前，一面接戰，一面縱火，霎時間江上通紅，鐵索盡斷。果然不中用。鄒興正不能支，忽後面有數十小舟，駕著青衣兵，鼓譟而下，那時前後夾攻，就使鄒興渾身是膽，到此也腳忙手亂，不知所為；突然間一箭飛至，穿透腦袋，眼見得一個蜀帥，倒入舟中，魂靈兒往見閻王去了。鄒興既死，蜀兵大潰，永忠遂進趨夔州。只見城門大開，城中已無一兵，任他自由進去。越日，湯和亦至，與永忠會晤，議搗重慶。永忠即挺身登舟，麾軍復進，入次銅羅峽，重慶大震。明昇年尚幼稚，越嚇得魂不附體，當下集群臣會議，左丞劉仁，勸昇出奔成都，昇母彭氏涕泣道：「成都可到，也不過苟延旦夕，不如早降，尚得保全民命。」彭氏此言，還算明白。昇聞言，乃遣使齎表乞降。湯和與廖永忠偕至重慶，昇面縛銜璧，率官屬迎降馬前。和下馬受璧，永忠亦替他解縛，好言撫慰，並下令諸將不得侵擾，隨即入城安民，並遣使押送明昇，並昇母彭氏，同赴南京。

唯成都、保寧，尚堅守不下，傅友德進圍成都。戴壽、向大亨並馬躍出，帶領一班弓弩手，飛箭射來，明軍前隊，多被射倒，連友德也身中流矢。友德裹創復戰，部兵亦拚死殺上，戴、向二人，方抵敵不住，回馬入城。越數日，城門復啟，友德忙麾軍入城，不防城中突出象陣，踴躍前來，勢不可當。幸友德已預備炮石，接連擊射，把象陣裂作數截，象返奔入城，門卒多被踐踏，不及閉門，明軍便一擁而入。戴壽、向大亨不能再戰，只得束手請降。友德復移軍保寧，巧值周德興等，亦領兵到來，兩下夾攻，頓時城垣擊破，一齊殺進。吳友仁無路可逃，被明軍擒住，保寧遂下。只丁世珍自階州遁去，復集餘眾來襲文州，殺明將朱顯忠。友德親自赴援，世珍復遁。嗣復進寇秦州，又被友德擊敗，走宿梓潼廟，為其下所殺，於是蜀地悉平。

明昇至南京，待罪午門外，群臣又請太祖御殿受俘，如孟昶降宋故事。無非貢諛。太祖道：「昇年幼稚，事由臣下，與孟昶不同。可令他進來朝見，不必伏地待罪。」言畢，即宣昇入見。昇顫慄異常，太祖復和顏婉諭，立授爵歸義侯，賜第京師。又是一個陳理。及湯和等自蜀班師，帶著戴壽、向大亨、吳友仁等，道出夔峽，戴壽、向大亨鑿舟自沉，吳友仁曾導昇抗明，被縛舟中，無從覓死，所以解至南京，太祖命斬首市曹。

其餘降將，發戍徐州。越年，有人告陳理、明昇，俱有怨言，太祖道：「童稚無知，不應苛求，但恐被小人蠱惑，將不能保全始終，不若遷處遠分，免生釁隙。」乃將陳理、明昇，轉徙高麗國去了。降王終覺沒趣。

且說元擴廓敗奔和林，元嗣主愛猷識理達臘，仍以兵事相委，擴廓乃發兵擾邊。太祖覆命徐達為征北大將軍，出雁門，趨和林。李文忠為左副將軍，出居庸，趨應昌。馮勝為右副將軍，出金蘭，趨甘肅。達用都督藍玉為先鋒，至野馬川，遇擴廓部下的遊騎，臨川飲馬，遂掩殺過去。敵騎驚遁，棄馬數百匹。追入圖拉河，與擴廓接仗，戰約數時，擴廓敗走，藍玉長驅直進，各軍都仗著威力，爭先追敵。擴廓恰竄入山谷，越嶺北竄。藍玉防有伏兵，擬飭軍士少停，軍士不肯駐足，定欲滅敵方體。太輕覷擴廓了。一逃一追，統已越過嶺北，猛聞一聲胡哨，元兵四出，統將就是賀宗哲，來戰藍玉。擴廓又復殺回，把明軍衝為數截。首尾不能相顧，腹背統是受敵。更兼嶺路崎嶇，進退兩難，大眾到此，才曉得擴廓厲害，叫苦不迭。遲了遲了。藍玉忙令擇路回軍，親自斷後，哪知喊聲四起，草木皆兵。各軍急不擇路，不是墜崖，就是填壑。元軍又緊緊追逼，殺一陣，傷亡數百人，殺兩陣，又傷亡數百人。正在危急難分的時候，幸徐達督師來援，方得殺退敵兵，救出孤軍。達回營，檢查軍士，共死萬餘人，不禁嘆息道：「劉誠意伯曾與上言，擴廓不可輕視，我此番略一輕意，便中他計，這是我的過失，不能專責將校呢。」躬自厚而薄責於人，確是大將器度。遂上表自劾。表方發，接到左右兩路捷音，方轉悶為喜道：「兩軍告捷，主上也可寬心了。」真心為主，全無妒忌，令人可敬可愛。

原來馮勝從蘭州進兵，由傅友德先行，直趨西涼，連敗元兵，射死元平章卜花，降元太尉鎖納兒加等。進至亦集乃路，次別篤山，擊退元岐王朵耳只班，擒住元平章長加奴等二十七人。又分兵至瓜沙州，斬獲甚眾，方才折回。右路的李文忠，率都督何文輝等，至臚朐河，留部將韓政守住輜重，自率輕兵持二十日糧，倍道急進。元太師合剌章蠻子，悉眾來拒，列陣阿魯渾河岸，軍容甚盛。文忠督兵與戰，他卻麾眾直上，圍裹攏來。自午至申，戰他不退，反且越來越眾。明將曹良臣、周顯、常榮、張耀等，陸續戰死。文忠也馬中流矢，下騎督戰。偏將劉義，亟以身蔽文忠，直前奮擊。指揮李榮，復將自己乘馬，授與文忠，自奪敵騎乘著，拚命衝殺。文忠得馬，又據鞍橫槊，當先突圍。士卒也鼓勇死戰，一當十，十當百，頓將元兵擊退。追至青海，敵又大集，文忠據險自固，多張疑兵。敵疑有伏，皆引去。文忠亦椎牛饗士而還。顧時與文忠分道入沙漠，持糧且盡，陡遇元兵，部眾疲乏不能戰，時獨引銳卒數百人，躍馬前趨，大呼殺敵。元兵驚走，棄掉的輜重牛馬，都被明軍搬歸（敘左右兩路戰事，與中路稍分詳略，以別輕重）。

太祖迭接軍報，慰勞三軍，所有徐達敗仗，亦寬宥不問，只命徐達、李文忠，回鎮山西、北平，練兵防邊。自是邊疆雖稍有戰事，亦不過彼來我拒，無復遠出。擴廓亦不敢深入，隨元嗣主遠徙金山。到了洪武七年，詔遣崇禮侯買的里八剌北還，令故元宦官二人護行，並遺書諭元嗣君，令他撤除帝號，待若虞賓。元主不答。太祖又招降擴廓，前後七致書，終不見報。擴廓於洪武八年八月，病歿哈拉那海的衙庭。哈拉那海系一大湖，在和林北，妻毛氏，亦自經死。太祖嘗宴集群臣，問天下奇男子為誰？群臣皆以常國公對。太祖拊髀嘆道：「卿等以常遇春為奇男子麼，遇春雖是人傑，我尚得他為臣，唯元將王保保，終不肯臣我，這正是奇男子呢！」群臣愧服。先是明軍入元都，曾擄得擴廓妹子，充入宮庭，至是竟冊為秦王樉妃。兄不屑臣明，妹甘為明婦，究竟鬚眉氣勝於巾幗。小子有詩贊擴廓道：

抗命稱兵似逆倫，誰知板蕩識忠臣。
疾風勁草由來說，畢竟奇男自有真。

擴廓既歿，後來殘元能否儲存，且俟下回說明。

元末群雄，以明玉珍僭號為最晚，即以明玉珍據地為最僻。本書敘至十六回，未曾提及，非漏也。玉珍僻處偏隅，無關大局，前文不遑敘述，故置諸後文，以便總敘，且俾閱者易於覽觀。蓋此書與編年史不同，布局下筆，總以頭緒分明為主。且書中於追溯補敘等事，必有另筆表明，於總敘之中，仍寓事實次序，可分可合，誠良筆也。至若北征擴廓一段，三路分寫，亦覺條分縷析，眉目分明，是殆集史家小說家之長，兼而有之，故能頭頭是道，一覽瞭然。若夫明昇之致亡，擴廓之不屈，事蹟已著，無俟贅述云。

第十八回　下徵書高人抗志　洩逆謀奸相伏誅

卻說元擴廓病歿後，尚有元太尉納哈出，屢侵遼東。太祖飭都指揮馬雲、葉旺等，嚴行戒備。至納哈出來攻，設伏襲擊，大敗元兵，納哈出倉皇遁去，嗣是北塞粗安。唯太祖自得國以後，有心偃武，常欲將百戰功臣，解除兵柄，只因北方未靖，南服亦尚有餘孽，一時不便撤兵，只好因循過去，但心中總不免懷忌，所以草創初定，即擬修明文治，有投戈講學的意思。洪武二年，詔天下郡縣皆立學。三年復設科取士，有鄉會試等名目。鄉試以八月，會試以二月，每三年一試，每試分三場。第一場試四書經義，第二場試論判章表等文，第三場試經史策。看官聽著！我中國桎梏人才的方法，莫甚於科舉一道，凡磊落英奇的少年，欲求上達，不得不向故紙堆中，竭力研鑽，到了皓首殘年，仍舊功名未就，那大好光陰，統已擲諸虛牝了。嘗聞太祖說過：「科舉一行，天下英雄，盡入彀中。」可見太祖本心，並不是振興文化，無非借科舉名目，籠絡人心。科舉亦有好處，不過以經義取士，太不合用。到了後來，又將四書經義，改為八股文，規例愈嚴，範圍愈狹，士子們揣摩迎合，莫不專從八股文用功，之乎者也，滿口不絕，弄得迂腐騰騰，毫無實學經濟。這種流毒，相沿日久，直至五六百年，方才改革，豈不可嘆惜痛恨麼？後人歸咎明祖作俑，並非冤屈。論斷謹嚴。

太祖又徵求賢才，遣使分行天下，採訪高人逸士，並及元室遺臣。是時山東有一俠士，姓田名興，嘗往來江淮，以商為隱。太祖微時，與興相遇，興識為英雄，出資賙恤，並與太祖結為異姓兄弟。至太祖得志，興恰遠引，遇有軍士不法情狀，乃致書報聞，書中不寫己名，但雲某當懲治。太祖知系興所為，按書照辦，唯無從訪他住址。洪武三年，江北六合、來安間，有猛虎害人，官吏懸賞捕虎，無人敢應。興乃奮身出來，與虎相搏，十日間格殺七虎，居民都歡呼不已，爭迎興至家，設宴款待，官吏亦齎金為謝，興獨不受。不愧俠名。這事奏達京師，太祖料是田興，立即遣使往徵，興不赴召。

嗣又由太祖手書，齎遞與興，書云：

元璋見棄於兄長，不下十年，地角天涯，無從晤覿。近聞兄在江北，為除虎患，不禁大喜。遣使敦請，不我肯顧。未知何開罪至此？人之相知，莫如兄弟。我二人雖非同胞，情逾骨肉。昔之憂患，與今之安樂，所處各當其時。元璋固不為憂樂易交也。世未有兄因弟貴，而閉門逾垣，以為得計者，皇帝自皇帝，元璋自元璋，元璋不過偶然作皇帝，並非一作皇帝，便改頭換面，不是朱元璋也。本來我有兄長，並非作皇帝便視兄長如臣民也。國家事業，兄長能助則助之，否則聽兄自便，只敘兄弟之情，不談國家之事。美不美？江中水，清者自清，濁者自濁，再不過江，不是腳色。兄其聽之！

興得此書，乃野服詣闕，太祖出城親迎，入城歡宴，特別親暱，比自家骨肉，還要加上一層。一過月餘，太祖敬禮未衰，席間偶談及國事，興正色道：「天子無戲言。」於是太祖不敢再談。興又屢次告別，經太祖苦留，方羈居京師，未幾即歿。（不亞嚴光，事見田北湖田興傳。）

還有元行省參政蔡子英，自元亡後，從擴廓走定西，擴廓敗遁，子英單騎走關中，亡入南山。太祖聞他姓名，遣人繪形往求，得諸山中。傳詣京師，至江濱，又潛遁去。未幾復被獲，械過洛陽，見湯和，長揖不拜。和呼令下跪，仍抗顏不從。和命爇火焚須，復不為動。乃遣送至京，太祖親為脫械，待以客禮。嗣命列職授官，終不肯受，因瀝誠上書道：

陛下乘時應運，削平群雄，薄海內外，莫不賓貢。臣鼎魚漏網，假息南山，曩者見獲，復得脫亡，重煩有司追跡。而陛下以萬乘之尊，全匹夫之節，不降天誅，反療其疾，易冠裳，賜酒饌，授以名爵，陛下之恩，包乎天地矣。

臣非不欲自竭犬馬，但名義所存，不敢輒渝初志。自唯身本韋布，知識淺陋，過蒙主將知薦，仕元十有五年，愧無尺寸功以報國士之遇。及國家破亡，又復失節，何面目見天下士？管子曰：「禮義廉恥，國之四維。」今陛下創業垂統，正當挈持大經大法，垂示子孫臣民，奈何欲以無禮義寡廉恥之俘囚，而廁諸新朝賢士大夫之列哉？臣日夜思維，咎往昔之不死，至於今日，分宜自裁，陛下待臣以恩禮，臣固不敢賣死立名，亦不敢偷生苟祿。若察臣之愚，全臣之志，禁錮海南，畢其生命，則雖死之日，猶生之年。昔王蠋閉戶以自縊，李芾闔門以自屠，彼非惡榮利而樂死亡，顧義之所在，雖湯鑊有不得避也。眇焉之軀，上愧古人，死有餘恨，唯陛下裁察！

太祖覽書，更加敬重，留館儀曹。一夕，子英忽大哭不止，旁人問為何事？子英說是記念舊君，因此流涕。太祖知不可奪，乃命有司送出塞外，令從故主。足愧貳臣。

子英以外，又有元行省都事伯顏子中，曾守贛州。陳友諒破贛，子中倉猝募吏民，與戰不勝，脫走閩中。陳友定闢為員外郎，計復建昌，浮海至元都報捷，累遷吏部侍郎，持節發廣東何真兵救閩。適何真降明，子中跳墮馬下，跌損一足，為明軍所得，執送廖永忠軍前。永忠脅令投降，誓死不屈，乃釋縛令去。子中變姓名，戴黃冠，遊行江湖間，太祖求之不得，簿錄子中妻子，子中仍不往。尋復由明布政使沈立本密薦，遣使幣聘，子中太息道：「今日死已遲了。」作歌七章，遍哭祖父師友，飲鴆而死。死有重於泰山者。子中得之。

太祖又恐廷臣矇蔽，嘗與侍從數人，易服微行，一面採訪才能，一面偵察吏治，一面調查民情，所以江淮一帶，恆有太祖君臣蹤跡。相傳太祖微幸多寶寺，步入大殿，見幢幡上盡寫多寶如來佛號，因語侍從道：「寺名多寶，有許多多寶如來？」學士江懷素聞言，知太祖意在屬對，便脫口答道：「國號大明，無更大大明皇帝。」恰是絕對。太祖大喜，而擢為吏部侍郎。迨入遊方丈，見有紙條黏貼門首，上書維揚陳君佐寓此。君佐少有才，脫略不羈，曾與太祖有一面交，太祖立呼相見。君佐出謁畢，太祖笑問道：「你當初極善滑稽，別來已久，猶詼浪如昔麼？」君佐默然。太祖又問道：「朕今已得天下，似前代何君？」君佐道：「臣見陛下龍潛時候，飯糗茹草，及奮飛淮泗，與士卒同甘苦，猶食菜羹糲飯，臣以為陛下酷肖神農，否則何以嘗得百草？」妙語解頤。太祖鼓掌大笑，令他隨行。偶過酒肆，太祖即帶同入飲，酒肆甚小，除酒豆外，沒甚菜蔬。太祖又出對道：「小村店三杯五盞，沒有東西。」君佐隨聲應道：「大明君一統萬方，不分南北。」屬對亦工。太祖又大笑，並語君佐道：「你隨朕入朝，做一詞臣，何如？」君佐道：「陛下比德唐虞，臣願希蹤巢許，各行其志，想陛下應亦許臣。」是田興第二，興且不入正史，遑問君佐？此史筆之疏忽處。太祖乃不加強迫，與他告別自歸。

越數日，又出外微行，偶遇一士人，見他文采風流，便與坐談。士人自稱重慶府監生，太祖又命屬對，出聯道：「千里為重，重水重山重慶府。」士人也不假思索，便對道：「一人為大，大邦大國大明君。」太祖大喜。無非喜諛。問明寓址，方與作別。次日，即遣使齎賞千金，士人才知是遇著太祖，欣幸不已。大約有些財運。太祖又嘗於元夕出遊，市上張燈慶賞，並列燈謎。謎底系畫一婦人，手懷西瓜，安坐馬上，馬蹄甚巨。太祖見了，不禁大怒，還朝後，即命刑官查緝，將做燈謎的士民，拿到杖死。刑部莫名其妙，奏請恩宥。太祖怒道：「褻瀆皇后，犯大不敬罪，還說可寬宥麼？」刑官仍然不解，只好遵旨用刑。後來研究起來，才知馬后系淮西婦人，向是大腳，燈謎寓意，便指馬后，所以觸怒太祖，竟罹重闢。做了一個燈謎，便罹大辟，可見人貴慎微。

太祖嘗自作詩云：「百僚已睡朕未睡，百僚未起朕先起。不如江南富足翁，日高一丈猶擁被。」先是江南富家，無過沈秀，別號叫做沈萬三。太祖入金陵，欲修築城垣，苦乏資財，商諸沈秀。秀願與太祖分半築城，太祖以同時築就為約，秀允諾。兩下裡募集工役，日夜趕造，及彼此完工，沈秀所築這邊，比太祖趕先三日。豪固豪矣，奈已遭主忌何？太祖陽為撫慰，陰實刻忌。嗣沈秀築蘇州街，用茅山石為心，太祖說他擅掘山脈，拘置獄中，擬加死罪。還是馬后聞知，替他求宥。太祖道：「民富侔國，實是不祥。」馬后道：「國家立法，所以誅不法，非以誅不祥。民富侔國，民自不祥，於國法何與？」太祖不得已釋秀，杖戍雲南。秀竟道死，家財入官。太祖原是忮刻，然亦可為聚財者鑑。至太祖作詩自怨，為蘇州某富翁所聞，獨嘆息道：「皇上積怨已深，禍至恐無日了。」遂力行善舉，家產蕩然。既而太祖又吹毛求疵，誅求富人，富家蕩產喪身，不計其數，獨某富翁已經破產，得免罪名，這也說不勝說。

且說太祖得國，武臣立功，要推徐達、常遇春，文臣立功，要推李善長、劉基。劉基知太祖性質，所以封官拜爵，屢辭不受。善長官至右丞相，爵韓國公，免不得有些驕態。太祖有意易相，劉基謂：「善長勛舊，能調和諸將，不宜驟易。」太祖道：「善長屢言卿短，卿乃替他說情麼？朕將令卿為右相。」基頓首道：「譬如易柱，必得大木，若用小木作柱，不折必僕，臣實小材，何能任相？」太祖道：「楊憲何如？」基答道：「憲有相材，無相器。」太祖復問道：「汪廣洋如何？」基又道：「器量褊淺，比憲不如。」太祖又問及胡唯庸，基搖首道：「不可不可，區區小犢，一經重用，僨轅破犁，禍且不淺了。」太祖默然無言。已而楊憲坐誣人罪，竟伏法。善長又罷相，太祖竟用汪廣洋為右丞相，胡唯庸為左丞。廣洋在相位二年，浮沉祿位，無所建白，獨唯庸狡黠善諛，漸得太祖寵任。太祖遂罷廣洋職，令唯庸升任右相。劉基大戚道：「唯庸得志，必為民害，若使我言不驗，還是百姓的幸福呢。」唯庸聞言，懷恨不置。會因甌閩間有隙地，名叫談洋，向為鹽梟巢穴。基因奏設巡檢司，鹽梟不服管轄，反糾眾作亂。基子璉據實奏聞，不先白中書省，唯庸方掌省事，視為蔑己，越加憤怒，遂嗾使刑部尚書吳雲劾基，誣稱談洋有王氣，基欲據以為墓，應加重譴。太祖似信非信，只把基奪俸，算作了案。基憂憤成疾，延醫服藥，反覺有物痼積胸中，以致飲食不進，遂致疾篤。太祖遣使護歸青田，月餘逝世。後來唯庸得罪，澈底查究，方知毒基致死，計出唯庸，太祖很是惋惜。怎奈木已成舟，悔亦無及了。劉基非無智術，唯如後人所傳，稱為能知未來，不無過譽，使基能預算，何致為唯庸謀斃？

唯庸既謀斃劉基，益無忌憚，生殺黜陟，唯所欲為。魏國公徐達，密奏唯庸奸邪，未見聽從，反被唯庸聞知，引為深恨，遂陰結徐達閽人，嗾使訐主。不料閽人竟直告徐達，弄巧轉成拙，險些兒祿位不保，驚慌了好幾日，幸沒有什麼風聲，才覺少安。患得患失，是謂鄙夫。繼思與達有隙，究竟不妙，遂想了一計，囑人與善長從子作伐，把姪女嫁給了他，好與善長結為親戚，做個靠山。善長雖已罷相，究尚得寵，有時出入禁中，免不得代為回護。善長之取死在此。唯庸得此護符，又漸覺驕恣起來。會唯庸原籍定遠，舊宅井中忽生竹筍，高至數尺，一班趨附的門客，都說是瑞應非凡。又有人傳說，胡家祖父三世墳上，每夜紅光燭天，遠照數里。看似瑞應，實是咎徵。唯庸聞知消息，益覺自負。是時德慶侯廖永忠，僭用龍鳳，太祖責他悖逆，賜令自盡。平遙訓導葉伯巨，上書言分封太侈，用刑太繁，求治太速，又觸太祖盛怒，下獄瘐死（此二事插入，是賓中賓）。內外官吏，岌岌自危。尋又因安吉侯陸仲亨，擅乘驛傳，平涼侯費聚，招降蒙古，無功而還，皆奉詔嚴責（此二事是主中賓）。二人心不自安，唯庸乘機勾結，聯為羽翼。令在外收輯兵馬。又陰結御史中丞陳寧，私閱天下兵籍，招勇夫為衛士，納亡命為心腹。一面又託親家李存義（即李善長弟），往說善長，伺間謀逆。善長初頗驚悸，以為罪當滅族。嗣經存義再三勸告，也覺依違兩可，不能自決。為此一誤，已伏死徵。唯庸以善長並未峻拒，以為大事可就，即遣明州衛指揮林賢，下海招約倭寇，又遣元故臣封績，致書元嗣君，請為外應。喪心病狂，一至於此。正在日夜謀變，又聞汪廣洋賜死事，益加急迫。原來廣洋罷相數年，又由唯庸薦引，入居相位，唯庸所為不法，廣洋雖知不言。會御史中丞塗節，上陳劉基遇毒，廣洋應亦與聞，太祖遂責廣洋欺罔，貶戍雲南，尋又下詔賜死。於是唯庸益懼，一面賄通塗節臂助，一面密結日本貢使，作為退步。洪武十三年正月，唯庸入奏，詭言京宅中井出醴泉，邀太祖臨幸。太祖信以為真，還是夢夢。駕出西華門，內使雲奇，突衝蹕道，勒馬言狀，氣逆言結，幾不成聲。太祖以為不敬，叱令左右，撾棰亂下。雲奇右臂將折，勢且垂斃，尚手指唯庸宅第。太祖乃悟，忙返駕登城，遙望唯庸宅中，饒有兵氣，知系謀逆，立發羽林軍掩捕。塗節得知此信，也覺禍事臨頭，意圖脫罪，急奔告太祖，說是唯庸妄謀劫主。道言未絕，羽林軍已將唯庸縛至，由太祖親自訊究。唯庸尚不肯承，經塗節質證，不能圖賴，乃將唯庸牽出，寸磔市曹。小子有詩詠道：

> 怪底人君好信諛，怕聞籲咈喜都俞。
> 佞臣多是蒼生蠹，磔死吳門未蔽辜。

唯庸磔死，還有唯庸黨羽，究屬如何辦法，待下回賡續敘明。

田興抗節不臣，蔡子英上書不屈，伯顏子中作歌自盡，此皆所謂仁人義士，本書極力表彰，所以揚潛德，顯幽光，寓意固甚深也。唯太祖一書，子英一書，猶有可考，而伯顏子中之歌詞七章，無從搜錄，為可惜耳。太祖微行，未見正史，而稗乘備傳其事，益見太祖之忮刻。忮刻者必喜阿諛，故楊憲、汪廣洋、胡唯庸諸人，陸續登庸，雖依次黜戮，而誤國已不少矣。劉基有先見之明，猶遭毒斃，僉壬之不可與共事，固如此哉！然亦未始非太祖好諛之過也。

第十九回　定雲南沐英留鎮　征漠北藍玉報功

卻說太祖既磔死唯庸，復將陳寧等一律正法，塗節雖自首，究屬與謀，亦加以死刑，僚屬黨羽，連坐甚眾，誅戮至萬餘人。唯李善長、陸仲亨、費聚三人，因患難初交，不忍加罪，特置勿問。嗣聞雲奇傷重身亡，大為悼惜，追封右少監，賜葬山。翰林學士承旨宋濂，時已致仕，仲子璲與長孫慎，俱坐唯庸黨被刑，並飭有司械濂至京，下獄論死。馬后亟進諫道：「民家為子弟延師，尚始終相敬，況宋濂親授皇子，獨不可為他保全麼？」太祖道：「既為逆黨，何能保全？」馬后又道：「濂早家居，必不知情。」太祖憤然道：「此等事非婦人所知。」后乃嘿然。會后侍食，不御酒肉，太祖問故？后流涕道：「妾聞宋先生將要被刑，不勝痛惜，願為諸兒服心喪呢。」太祖投箸而起，即命赦濂，安置茂州。屢敘馬后諫事，實為賢后留芳。濂行至夔州，得病而歿。通計濂傅太子十餘年，言動必以禮，一生為文，未嘗苟作。日本使嘗奉敕請文，以百金為獻，卻不受。海外諸國，朝貢使至，必問濂安否。卒時年已七十二，朝野中外，無不痛惜。述濂之賢，以形太祖之刻。這且按下不提。

且說洪武十四年秋季，詔命傅友德為征南將軍，藍玉為左副將軍，沐英為右副將軍，率步騎三十萬，往征雲南。雲南，古滇地，素稱蠻服。漢武帝時，彩雲現南方，遣使往察，起自洱河，因置雲南郡，諭滇酋入朝。唐以後為段氏所據，國號大理。元世祖南下，擒段興智，以第五子忽哥赤為雲南王，仍錄段氏子孫，協守封疆。忽哥赤死，子松山嗣，受封梁王。至元順帝時，把匝剌瓦爾密襲位，為明玉珍所攻，走營金馬山，尋得大理援軍，擊退玉珍。元主北去，雲南如故。太祖以地甚僻遠，不欲用兵，特命翰林院待制王褘，持節招諭，頗得優待。嗣因元嗣主遣使徵餉，脅令降褘，褘不屈遇害。尋復遣湖廣行省參政吳雲往諭，又被殺。於是命傅友德等南征，旌旗蔽江而下。既至湖廣，友德調都督郭英、胡海、陳桓等，領兵五萬，由四川永寧趨烏撤，自督大軍由辰沅趨貴州，克普定，下普安。元梁王把匝剌瓦爾密，遣司徒平章達里麻，將兵十餘萬，出駐曲靖，抵禦明軍。沐英獻議道：「元兵料我遠來，一時不能深入，我若倍道急趨，出其不意，定可破敵。」友德點首稱善，遂貪夜進師，將至曲靖，忽大霧四塞，茫不見人。明軍冒霧疾進，直抵白石江。江在曲靖東北，距城不過數里，達里麻才得聞知，急率銳卒萬人，瀕江截阻。友德又用沐英計，整師臨流，佯作欲渡狀，暗中卻別遣奇兵，從下流潛渡，出敵陣後，樹幟鳴鼓。達里麻大驚，忙分軍抵敵。沐英見敵陣已動，料知敵已中計，急麾軍渡江，長刀蒙盾，破他前隊。元軍氣索，倒退數里。明軍乘勢進逼，矢石雨發，呼聲動天地。英復親麾鐵騎，橫衝而入，直至達里麻纛下，大喝一聲，挺槍直刺。達里麻被他一嚇，竟顛僕馬下，那時明軍伸手過來，自然把他擒去。當下俘眾二萬餘，橫屍十餘里。友德慰諭俘囚，縱使歸業，蠻人大喜，到處歡迎。

友德復分遣藍玉、沐英等趨雲南，自率眾趨烏撤，為郭英等聲援。元梁王把匝剌瓦爾密，聞知達里麻敗耗，無心守城，遁入羅佐山。適右丞驢兒自曲靖遁歸，至梁王前，極陳明軍強盛狀，梁王慨然道：「生為元裔，死作元臣。」言畢，遂將龍衣卸下，用火焚去，復驅妻子投溺滇池，自與左丞達的，右丞驢兒，向北遙拜，刎頸而死。元室親藩，死事最烈，莫若梁王。故《明史．梁王列傳》，亦特別旌揚。藍玉、沐英，軍至板橋，右丞觀音保出降。玉等整軍入城，戒輯軍士，安定人民。又分兵進取臨安諸路，迎刃皆下。是時郭英、胡海、陳桓等，早入赤水河，斬木造筏，夜半齊渡。元右丞實卜引軍拒戰，相持未決。至傅友德大軍赴援，實卜顧視驚惶，立即遁去。友德遂得烏撤地。因烏撤無城，飭軍築造，尚未竣工，實卜復招集蠻眾，鼓譟而來。友德倚山為營，戒兵士不得妄動，俟至敵氣已懈，才開營出戰，自高臨下，勢如瀑布噴湧，無人敢當。是即彼竭我盈之計。實卜回馬就走，途遇芒部土酋，率眾來援，又翻身接仗。惱動了十萬明軍，左馳右突，前進後隨，殺死了許多蠻官，蠻眾大潰，實卜又落荒竄去，好稱逃將軍。烏撒遂得完城。又進克七星關，直通畢節，遠近蠻部，如東川、烏蒙、芒部等，統望風降附。

自是雲南境內，大半平定，只有大理未下。藍玉、沐英自雲南進攻，土酋段世，聚眾扼下關，守禦甚固。沐英審度形勢，料不易拔，遂別出奇兵，令王弼、胡海兩將，各授密計，分道去訖。原來大理城倚點蒼山，西臨洱河，並有上下二關，勢甚險固。沐英遣王弼密趨上關，胡海潛登點蒼山，都從間道繞越，攀援而上。段世是個蠻牛，只曉得防著下關，誰意王弼、胡海兩軍，已繞出背後，從內殺出，沐英又從外殺入，兩路夾攻，就使段世三頭六臂，也是不能脫逃，一陣嘩亂，被明軍擊翻地上，活捉去了。段世就擒，城即陷入。沐英又分兵取鶴慶，略麗江，破石門關，下金齒，諸蠻部一律降服，雲南悉平。沐英偕藍玉回軍雲南，與傅友德等會集滇地，聯名報捷，並籌辦善後事。嗣接太祖詔諭，令傅友德、藍玉等班師，留沐英鎮守雲南。英設官立衛，墾田屯兵，均力役，定貢額，民賴以安。太祖念沐英功，遂命沐氏世守雲南，這且待後文再表。

唯當時雲南邊境，有平緬部，與金齒接壤，前代未通中國，至元朝始遣使招降，授土酋為宣慰司。元末的宣慰使，叫做思倫發，因聞金齒降明，恐遭討伐，亦遣使朝貢。詔仍授他為宣慰使，尋又命兼統麓川地。思倫發漸漸桀驁，居然造起反來，有眾十餘萬，入寇景東。沐英檄都督馮誠往御，戰敗引還，千戶王昇死難。英擬親督軍往討，會接詔敕，只令他屯兵要害，以逸待勞，乃遵旨籌防，自楚雄至景東，每百里置一營，率兵屯種，觀釁後動。思倫發見無懈可擊，也退伏了一兩年。後謀誘集群蠻，入寇摩沙勒寨，都指揮寧正，受沐英命，迎頭痛擊，大破群蠻，斬首千五百級，思倫發引為深恥，竟傾寨前來，眾號三十萬，入寇定邊。沐英聞報，急選驍騎三萬，晝夜兼行，及抵敵營，壓壘而陣，令都督馮誠挑戰。敵營內忽躍出萬人，驅像三十餘只，舞蹈而前。馮誠欲返奔，指揮張因，時為前鋒，獨不慌不忙，彎弓搭矢，叫一聲著，中象左膝，象即僕地，復一矢射中敵帥。馮誠見張因得手，亦命兵士接連注射，死敵數百人，獲一象而還。沐英喜道：「賊無他技，容易破滅了。」知彼知己，百戰百勝。乃下令軍中，置火銃神機箭為三行，先後列著，更迭擊射。復分軍為三隊，命馮誠居前，寧正居左，都指揮湯昭居右，鼓勇前進。敵復驅象出營，象皆披甲，兩旁置槊，以備擊刺。陣既交，群像突出，明軍銃箭俱發，聲震山谷。象返走，敵遂四潰。蠻目昔剌，獨麾健卒來鬥明軍，勢甚凶猛。沐英登高遙望，見左軍少卻，即取下佩刀，命左右取帥首來。左帥見一人握刀馳下，料知不佳，遂拚著性命，奮呼突陣，各軍隨上，無不以一當百，蠻眾大敗，斬首三千級，俘獲萬餘人，得生像三十七頭，敵渠各身受巨創，伏斃象背。有幾個僥倖逃生的，都不知去向，思倫發亦單身遁走。沐英回軍，休養數月，擬集眾深入，思倫發得報大懼，遣使謝罪，並願歲貢象馬白金等物，乃仍令為宣慰使。麓川、平緬俱平（結束滇事）。

話分兩頭，且說元嗣主愛猷識理達臘，於洪武十一年夏季謝世，子脫古思帖木兒嗣位，免不得又來侵邊。大將軍徐達，及副將軍湯和等，奉命馳御，擒住元平章別里不花，元兵敗退。既而徐達、李文忠先後病歿，太祖很是悲悼，追封達為中山王，文忠為岐陽王，立碑賜祭，備極榮哀。太祖嘗語諸將道：「受命即出，成功即歸，不矜不伐，婦女無所愛，財帛無所取，中正無疵，光同日月，只有大將軍徐達一人（達為功首，故備錄太祖贊語）。今不幸溘逝，喪一良弼了。」言下很是唏噓。嗣是飭邊固守，好幾年不出塞。至洪武二十年，元太尉納哈出，擁眾金山，屢侵遼東，乃命馮勝為大將軍，傅友德、藍玉為左右副將軍，率師二十萬北征。勝至通州，遣哨馬出松亭關，探悉元兵多屯駐慶州，遂令藍玉輕兵往襲。時適大雪，元兵未曾防備，不意明軍突至，連逃走都是不及。元平章果來被殺，果來子不蘭奚受擒，明軍得勝回營，勝遂會集大軍，齊出松亭關，進逼金山，並遣降將乃剌吾，往諭納哈出，速即歸降。納哈出未免心動，令左丞劉探馬赤等，至勝營獻馬。勝遣人送赴京師，一面驅軍急進，徑薄納哈出營。納哈出驚惶失措，由乃剌吾再與勸導，乃率數百騎詣藍玉軍前。玉大喜，設宴款待。納哈出酌酒酬玉，玉解衣給納哈出，令他穿著，然後飲酒。納哈出不允，彼此爭讓許久。納哈出竟取酒澆地，且操著蒙語，戒飭從騎。適鄭國公常茂，系馮勝女夫，隨勝出征，亦在座中。茂部下或解蒙語，密告常茂，說是納哈出謀遁。茂即上前搏擊，刺傷納哈出右臂。常茂此舉，殊太鹵莽。納哈出大憤，虧得都督耿忠，代為排解，引他見大將軍。大將軍馮勝，好言撫慰，並令耿忠與同寢食，納哈出方才無語。勝以納哈出既降，即將他所有妻孥將校，一律招集，相偕同歸。臨行時命都督濮英，率兵三千人斷後。濮英遲行一程，突被潰卒邀擊，馬蹶被擒，英剖腹自盡。馮勝失了濮英，無從報命，不得已諉罪常茂，說他無端激變，把他械繫入京。茂與勝名雖翁婿，事輒齟齬，抵關後，大為不服，亦訐奏勝罪狀。翁婿相殘，常茂固非，馮勝亦誤。太祖密令偵查，有言勝私匿名馬，強納敵女，並使閽人至納哈出妻前，行酒求珠寶。恐未盡實。於是太祖忿怒，將馮勝、常茂一併懲治，謫茂至龍州安置，收勝大將軍印綬，勒令歸第鳳陽。再命藍玉為大將軍，唐勝宗、郭英為副，仍出軍北征，進至慶州。時元嗣主脫古思，屯捕魚兒海，距慶州約數百里，玉諜知消息，從間道馳入，直抵百眼井，已近捕魚兒海，四望寂寥，杳不見敵。玉勒馬欲歸，定遠侯王弼道：「我等提十萬眾，深入沙漠，未見敵人，遽行班師，如何覆命？」玉沉吟未決。弼請令軍士穴地為炊，毋使敵望見煙火，至夜乃可發兵。玉依計而行。是晚大風揚沙，漫天昏黑，玉用弼為前鋒，徑趨捕魚兒海。見元主果營海岸，吶喊而入，嚇得元主心驚膽落，挈同家眷，驟馬奔逃。元太尉蠻子，倉猝拒戰，約略交鋒，頭已落地。弼率大軍追趕，擒住元主次子地保奴，及故太子必里禿妃，並公主以下百餘人，還有官屬三千，男女七萬，馬牛駝羊十五萬，一併籍錄，馳報京師。太祖大悅，遣使勞軍，諭中比玉為衛青、李靖，總算是綸音優渥了，及還師，晉封玉為涼國公。玉身長面赤，有大將才，屢次立功，漸膺寵眷，且娶常遇春妻弟，遇春女為太子標元妃，與太子為轉彎親戚，因此恃功挾勢，浸成驕蹇。自地保奴及妃主入京，太祖賜與居第，月給廩餼，元妃頗有姿色，玉日夕過從，免不得有勾搭情事。都中人言嘖嘖，為太祖所聞，召玉切責。元妃因此懷慚，自經而死。死得不清白。太祖命將所賜藍玉鐵券，鐫入玉罪，令他鑑戒。玉仍不改，多蓄莊奴假子，霸占東昌民田，種種不法，遂以速死。是時馬后早崩，太子隨逝，魯王檀嗜藥亡身，潭王梓謀變自焚，秦王樉召還被錮，周王橚國被遷，釀成太祖懊恨，迭興黨獄。韓國公李善長，尚且賜死，那跋扈專恣的藍玉，還有什麼生望？小子有詩嘆道：

功狗由來未易全，況兼驕恣挾兵權。
朱公泛棹留侯隱，畢竟聰明足免愆。

以上所敘各種情跡，俟小子逐段交代，看官欲知詳細，請閱下回。

本回敘雲南事，傳梁王，亦傳沐英也。梁王之忠，已見細評，若明得雲南，全出沐英力，而雲南人民，亦戴德不忘，終明世二百七十餘年，沐氏子孫守雲南，罕聞亂事，黔寧之功，固不在中山開平下也。藍玉與沐英，同事疆場，為明立勛，不一而足。捕魚兒海一役，謀雖出於王弼，而從善如流，不為無功。自是殘元餘孽，陵夷衰微，數十年無邊患，誰謂玉不足道者？乃身邀寵眷，志滿氣溢，既不能急流勇退，復不能恭讓自全，遂致兔死狗烹，引頸就戮。明雖負德，藍亦辜恩。藉非然者，玉氏子孫，亦何至不沐氏若乎？前後相照，一則食報身後，一則族滅生前，後之君子，可以知所處矣。

第二十回　鳳微德杳再喪儲君　鳥盡弓藏迭興黨獄

卻說馬皇后翊贊內治，所有補闕匡過等事，屢見前文，恰是古今以來一位賢后，洪武十五年八月崩逝，不但太祖慟哭終身，不復立后，就使宮廷內外，也歌思不忘。小子讀馬后遺傳，時常景仰，所以前文敘述，於馬后有關係事，必援筆寫入。還有數條軼聞，也須一一補出，作為後來的女範。可謂有心人。先是太祖起兵，戰無虛日，后隨軍中，輒語太祖以不嗜殺人。至冊后以後，儉約如故，身御澣濯，雖敝不即易，嘗謂此係弋綈遺法。宮嬪敬服，擬為東漢時的明德馬后。后生五子，周王最幼，放誕不羈，至就藩開封，后遣慈母江貴妃隨往，給以常御敝衣一襲，及杖一支，語貴妃道：「王如有過，請披衣加杖，倘再倔強，馳驛報聞，毋得輕恕！」橚聞言悚懼，就藩後不敢為非。后崩，橚始少縱，棄國遊鳳陽。太祖憤怒，命徙至雲南，尋因懷念后德，仍勒令歸藩（隨筆說明周王事）。後遇歲災，輒率宮人蔬食，太祖謂已發倉賑恤，不必懷憂，后謂賑恤不如預備，太祖甚以為然。平時又累問百姓安否？且云：「帝為天下父，自己為天下母，赤子不安，父母如何可安？」名論不刊。及太祖幸太學還，後問及生徒，知有數千人，便慨然道：「諸生皆有廩食，可以無饑，但他的妻子，從何取給？」太祖亦為動容。乃立紅板倉儲糧，歲給諸生家屬，生徒頌德不置。后雖貴，猶親自主饋，早晚御膳，特別注視。妃嬪等勸她自重，后語妃嬪道：「事夫須親自饋食，從古到今，禮所宜然。且主上性厲，偶一失飪，何人敢當？不如我去當衝，還可禁受。」既而進羹微寒，太祖舉碗擲后，后急忙躲閃，耳畔已被擦著，受了微傷，更潑了一身羹汙。后熱羹重進，從容易服，顏色自若。妃嬪才深信后言，並服后德。宮人或被幸得孕，后倍加體恤，妃嬪等或忤上意，后必設法調停。有言郭景祥子不孝，嘗持槊犯景祥，太祖欲將他正法，后奏道：「妾聞景祥止一子，獨子易驕，但亦未必盡如人言，須查明屬實，方可加刑。否則殺了一人，遽絕人後，轉似有傷仁惠了。」的是仁人之言，不得視為婦人之仁。嗣太祖察知被誣，方嘆道：「若非后言，險些兒將郭家宗祀，把他斬斷呢。」李文忠守嚴州時，楊憲上書誣劾。后謂憲言不宜輕信，文忠乃得免罪。春坊庶子李希賢，授諸王經訓，用筆管擊傷王額，太祖大怒，后勸解道：「譬如使人制錦，只可任他剪裁，不應為子責師。」太祖乃罷。此外隱護功臣，事多失傳，就在宮禁裡面，也不能盡詳。至病亟時，群臣請禱祀求良醫，后語太祖道：「生死有命，禱祀何益？世有良醫，亦不能起死回生。倘服藥不效，罪及醫生，轉增妾過。」明淑如此，我願終身崇拜之。太祖嘆息不已。繼問后有無遺言。后嗚咽道：「妾與陛下起布衣，賴陛下神聖，得為國母，志願已足，尚有何言？不過妾死以後，只願陛下親賢納諫，慎終如始罷了。」親賢納諫四字，括盡古今君道。言訖而逝。壽五十一歲。宮人慟哭失聲，即外廷百官，亦一律銜哀。宮中嘗作追憶歌道：

我后聖慈，化行家邦，
撫我育我，懷德難忘。
懷德難忘，於萬斯年，
毖彼下泉，悠悠蒼天。

九月葬孝陵，臨葬遇風雨雷電，太祖愀然不樂，召僧宗泐入，與語道：「后將就窆，令汝宣偈。」泐隨口說偈道：

雨落天垂淚，雷鳴地舉哀。
西方諸佛子，同送馬如來。

宣偈畢，天忽開霽，乃啟往葬，太祖甚是心慰，賜泐百金。後來尊謚馬后為孝慈皇后。馬后以下，位置要算孫貴妃。奈孫貴妃已早去世，乃令李淑妃攝六宮事。淑妃，壽州人，父名傑，洪武初曾任廣武衛指揮，北征戰死。太祖聞傑女慧美，遂納為妃嬪，倍加寵遇。未幾淑妃又歿，乃以郭寧妃充攝六宮（結述李郭二妃，回應第五回及第七回）。終太祖身世，不復立后，總算是不忘伉儷的遺意。

太子標繫馬后長子，太祖與陳友諒交戰時，馬后嘗負標從軍，及標得立儲，繪成負子圖，藏懷中。會李善長等賜死，太子進諫道：「皇父誅夷太濫，恐傷和氣。」太祖默然。次日，以棘杖遺地，令太子拾起，持在手中。太子有難色，太祖笑道：「朕令汝執杖，汝以為杖上有刺，怕傷汝手，若得棘刺除去，就可無虞。朕今所戮諸臣，便是為汝除刺，汝難道不明朕意麼？」棘刺原屬宜防，但有害過棘刺者，何不防之？太子頓首道：「上有堯舜之君，下有堯舜之民。」言未畢，太祖面忽改色，突然離座，持榻欲投。太子起身急走，一面探懷中所繪圖，棄擲地上。太祖拾視，頓時大慟，方免追責。

適魯王檀好餌金石，毒發致死，太祖諡他為荒，隱寓恨意。潭王梓有心謀變，弄到夫婦俱焚，太子益不自安，日懷危懼。忮刻之私，危及骨肉，可見人主不宜好刻。原來潭王梓的來歷，小子於十一回中，曾敘他母妃闍氏，系陳友諒妃子，遺腹生梓。梓年漸長，就封長沙。臨行辭母，母問道：「汝將何往？」梓答稱：「至國。」母問：「汝國何在？」答言：「在長沙。」母又問：「何人封汝？」答言：「受父所封。」母又道：「汝父何在，尚能封汝？」梓知有異，跪詢母意。母乃流涕與語，詳述前事，並言前日屈身事仇，實為汝一點骨血，汝今年長，毋忘前恨。梓飲泣受命而去。到了長沙，終日悶悶不樂，唯日與府僚設醴賦詩，聊作消遣。既而妻父於顯，及妻弟琥，坐胡唯庸黨被誅，遂潛謀作亂。太祖遣使召見，梓懼謀洩，因憤憤道：「寧見閻王，不見賊王。」言已，縱火焚宮。與妃于氏並投火中，霎時間骨肉焦灼，同歸於盡。其母闍氏，亦憂悔成疾，數日遂亡。與子婦同歸冥途，恰也可喜，唯見陳友諒恐不能無愧耳。史傳謂梓由達定妃所出，達定妃又不著姓氏，想因明代檔案，諱莫如深，無從參考，所以含糊過去。

至若李善長賜死一案，仍是被胡唯庸牽連。善長弟存義，與唯庸結兒女親，唯庸得罪，存義本須連坐，太祖因顧念勛戚，赦他死罪，貶置崇明。善長未嘗入謝，遂致太祖懷恨。善長又營建大廈，向信國公湯和，假用衛卒三百名，湯和雖是應允，暗中恰封章入告。已而京中吏民，為黨獄誅累，坐罪徙邊，共約數百人，內有丁斌等系善長私親，善長替他求免，益觸主怒，竟命將丁斌逮問。斌本給事胡唯庸家，一經訊鞫，反將李存義當日，如何交通唯庸情事，和盤說出。丁斌不至如此沒良，總由獄吏承旨誘供之故。刑官不好怠慢，復逮李存義父子嚴訊。存義父子，熬刑不住。又把通逆情由，諉與善長。恃彼為韓國公耶？那時一班朝臣，希承意旨，聯章交劾善長，統說是大逆應誅。落穽下石，令人悲嘆。太祖還欲議親議功，特別寬宥，貓哭老鼠，裝什麼假慈悲。偏偏太史又奏言星變，只說此次占象，應在大臣身上，須加罰殛，於是太祖遂下了嚴旨，賜善長自盡。可憐善長已七十七歲，活活地投繯畢命。所有家屬七十餘人，盡行被戮。只有一子李琪，曾尚臨安公主，得蒙免死，流徙江浦。既說占象應在大臣，則善長一死足矣，何必戮及家屬多至七十餘人。外如吉安侯陸仲亨，延安侯唐勝宗，平涼侯費聚，南雄侯趙庸，江南侯陸聚，宜春侯黃彬，豫章侯胡美（即胡定瑞），滎陽侯鄭遇春等，一併坐獄論死。總算殺得爽快。太祖且條列諸臣罪狀，作奸黨錄，布告天下。

當時只有虞部郎中王國用，痛善長被誣，浼御史解縉起草，替他訟冤。拜本上去，好似石沉大海，毫無複音。國用還是運氣，否則又將下獄矣。太子標仁恕性成，心中很過不下去，頗肖馬后。至進諫被責，越覺怏怏。會太祖以關中險要，竟欲遷都，秦王樉恐失去封地，頗有怨言。太祖又召還拘禁，命太子親往關中，卜都相宅，並調查秦王過失。太子還都，代陳秦王無罪，涕泣請免。太祖尚未深信，太子遂憂悒成疾，於洪武二十五年夏月，瞑目歸天。喪葬禮畢，諡為「懿文太子」。前回結末數語，至此方一律敘清。

是時太祖已迭納數妃，連生十數子，椿為蜀王，（皇十一子）。柏為湘王，（皇十二子）。桂為代王，（皇十三子）。楧為肅王，（皇十四子）。植為遼王，（皇十五子）。為慶王，（皇十六子）。權為寧王，（皇十七子）。楩為岷王，（皇十八子）。橞為谷王，（皇十九子）。松為韓王，（皇二十子）。模為瀋王，（皇二十一子）。楹為安王，（皇二十二子）。樫為唐王，（皇二十三子）。棟為郢王，（皇二十四子）。為伊王，（皇二十五子）。連從前所封九王，共得二十四子。這二十四子中，唯燕王棣最為沉鷙，太祖謂棣酷肖自己，特別鍾愛。至太子薨逝，意欲立棣為儲君，只因太子已生五子，嫡長早殤。次子叫做允炆，（即建文帝）。年亦浸長，倘或舍孫立子，未免於禮未合，乃親御東角門，召群臣會議。太祖先下諭道：「國家不幸，太子竟亡。古稱國有長君，方足福民，朕意欲立燕王，卿等以為何如？」學士劉三吾抗奏道：「皇孫年富，且系嫡出，孫承嫡統，是古今的通禮。若立燕王，將置秦王、晉王於何地？弟不可先兄，臣意謂不如立皇孫。」援經立議，不得以靖難兵變，咎及三吾。太祖聞言，為之淚下，乃決立允炆為皇太孫。

先是太子在日，涼國公藍玉與太子有聞接戚誼，嘗相往來（接入前回藍玉事，以便承上起下）。自北征還軍，語太子道：「臣觀燕王在國，舉動行止，與皇帝無異。又聞望氣者言，燕有天子氣，願殿下先事預防，審慎一二！」太子道：「燕王事我甚恭，決無是事。」藍玉道：「臣蒙殿下優待，所以密陳利害，但願臣言不驗，不願臣言幸中。」太子默然。及藍玉趨退後，未免有人聞知，傳報燕王，燕王啣恨不已。及太子薨逝，燕王入朝，即奏稱：「在朝公侯，縱恣不法，將來恐尾大不掉，應妥為處置」云云。這句話，雖是冠冕堂皇，暗地裡卻指著藍玉，請太祖按罪嚴懲。藍玉桀驁如故，一些兒不加檢點，尋又出捕西番逃寇祁者孫，並擒建昌衛叛帥月魯帖木兒，威焰愈盛，意圖升爵。哪知太祖反冷眼相待，並不升賞。至皇太孫冊立，乃命他兼太子太傅，別召馮勝、傅友德歸朝，令兼太子太師。玉攘袂大言道：「難道我不配做太師麼？」嗣是怏怏不樂。遇有入朝侍宴，所有言動，一味驕蹇，太祖越加疑忌。從此玉有奏白，無一見從。玉嘗私語僚友，指斥乘輿道：「他已疑我了。」既知見疑，何不速退。此語一傳，便有錦衣衛蔣，密告藍玉謀逆，與鶴慶侯張翼、普定侯陳垣、景川侯曹震、舳艫侯朱壽、東莞伯何榮及吏都尚書詹徽、戶部侍郎傅友文等，設計起事，將伺皇上出耕藉田，乘機劫駕等情。太祖得了此信，立命錦衣衛發兵掩捕，自藍玉以下，沒一個不拿到殿前，先由太祖親訊，繼由刑部鍛鍊成獄，無論是真是假，一古腦兒當作實事，遂將他一併正法，並把罪犯族屬，盡行殺死。甚至捕風捉影，凡與藍玉偶通訊問的朝臣，也難免刀頭上的痛苦，因此列侯通籍，坐黨夷滅，共萬五千人，所有元功宿將，幾乎一網打盡。比漢高待功臣，還要加慘。太祖意尚未足，過了年餘，潁國公傅友德，奏請給懷遠田千畝，非但不准，反將他賜死。定遠侯王弼，居家嘆道：「皇上春秋日高，喜怒不測，我輩恐無噍類了。」為這一語，又奉詔賜死。宋國公馮勝，在府第外築稻場，埋甒地下，架板為廊，加以碌碡，取有鞺鞳聲，走馬為樂。有怨家入告太祖，訐勝家居不法，稻場下密藏兵器，意圖謀變云云。太祖遂召勝入，賜酒食慰諭道：「卿可安心！悠悠眾口，朕何至無端輕信？」言下，甚是歡顏。勝以為無虞，盡量宴飲，誰知飲畢還第，即於是夜暴病，害得七孔流血，數刻即亡。可痛可恨！

總計開國功臣，只有徐達、常遇春、李文忠、湯和、鄧愈、沐英六人，保全身名，死皆封王。但徐、常、李、鄧四公，都死在胡藍黨獄以前，沐英留鎮雲南，在外無事，得以考終。湯和自死最遲，他是絕頂聰明，見太祖疑忌功臣，便告老還鄉，絕口不談國事，所以享年七十，壽考終身（敘明六王生卒，是用筆綿密處）。這也不必細表。且說太祖既迭誅功臣，所有守邊事宜，改令皇子專任。燕王棣最稱英武，凡朔漠一帶，統歸鎮守，他遂招兵養馬，屢出巡邊。洪武二十三年，率師出古北口，收降元太尉乃兒不花。二十九年，復出師至撤撤兒山，擒斬元將孛林帖木兒等數十人，太祖聞報大喜，嘗謂肅清沙漠，須賴燕王。至三十一年，秦王樉、晉王棡俱薨，乃命燕王棣總率諸王，得專征伐。其時太祖已經老病，尚傳諭燕王道：

朕觀成周之時，天下治矣。周公告成王曰：「詰爾戎兵，安不忘危之道也。」朕之諸子，汝獨才智，秦晉已薨，汝實為長。攘外安內，非汝而誰？爾其總率諸王，相機度勢，用防邊患，奠安黎庶，以答上天之心，以副吾付託之意！其敬慎之，毋怠！

自是燕王權力愈盛，兵馬益強，又兼燕京為故元遺都，得此根據，越覺雄心勃勃了。統為下文伏線。洪武三十一年閏五月，太祖崩，年七十有一，遺詔命太孫允炆嗣位。且言諸王鎮守國中，不必來京。允炆依著遺詔，登了御座，一面奉著梓宮，往葬孝陵，追謚為高皇帝，廟號太祖，以明年為建文元年。允炆後遭國難，沒有廟謚，明代沿稱為建文帝。清乾隆元年，始追謚為恭閔惠皇帝。小子編述至此，也援明朝故例，稱他做建文帝便了。本回就此結束，只有一詩詠明太祖道：

濠梁崛起見真人，神武天生自絕倫。
獨有晚年偏好殺，保邦從此少能臣。

欲知建文帝即位後事，且至下回續敘。

是回敘事，看似拉雜寫來，頭緒紛繁，實則一線到底。太祖性本雄猜，賴有馬后之賢，從容補救，故洪武十五年以前，雖有胡唯庸一獄，而李善長、宋濂、陸仲亨、費聚等，尚得保全，黨禍固未劇也，至馬后崩而殺機迫矣。父子尚懷猜忌，遑問功臣？善長賜死，株連多人，甚至秦、周諸王，亦擬加罪。懿文太子，雖不能保全元功，猶能保全骨肉，不可謂非仁且恕者。然卒以是憂鬱成疾，至不永年，是太子之薨，亦未始非太祖促之也。太子歿而藍獄即興，連坐至萬餘人，元功宿將，相繼俱盡，何其殘忍至此？燕王之酷肖乃父，亦無非天性忮刻，相感而孚耳。故是回總旨，在敘太祖之好猜，隱為燕王靖難張本，自翦羽翼，反害子孫，忮求果奚為乎？

電子書購買　爽讀 APP

國家圖書館出版品預行編目資料

明史演義——從投入軍伍至四海歸心 / 蔡東藩著 . -- 第一版 . -- 臺北市：複刻文化事業有限公司 , 2024.08
面；　公分
POD 版
ISBN 978-626-7514-15-3(平裝)
857.456　113010704

明史演義——從投入軍伍至四海歸心

臉書

作　　者：蔡東藩
發 行 人：黃振庭
出 版 者：複刻文化事業有限公司
發 行 者：複刻文化事業有限公司
E-mail：sonbookservice@gmail.com
粉 絲 頁：https://www.facebook.com/sonbookss/
網　　址：https://sonbook.net/
地　　址：台北市中正區重慶南路一段 61 號 8 樓
8F., No.61, Sec. 1, Chongqing S. Rd., Zhongzheng Dist., Taipei City 100, Taiwan
電　　話：(02) 2370-3310　　傳　　真：(02) 2388-1990
印　　刷：京峯數位服務有限公司
律師顧問：廣華律師事務所 張珮琦律師
定　　價：299 元
發行日期：2024 年 08 月第一版
◎本書以 POD 印製